# くわいの丸煮

## 木挽町芝居茶屋事件帖

篠 綾子

時代小説文庫



角川春樹事務所

本文デザイン／アルビレオ

# 目次

## 登場人物紹介

喜八《きはち》　貞享三《じょうきょう》（一六八六）年の大弾圧で捕縛され、獄死した町奴かささぎ組の組頭・大八郎《だいはちろう》の一人息子。芝居茶屋かささぎを仕切る。役者ばりの美男で、女客に大人気。元町奴たちが安心して働ける場となるよう、店を大きくしたい。

弥助《やすけ》　かささぎ組の元子分筆頭で、現在は口入屋で仕事を請け負って暮らす百助《ひゃくすけ》の息子。喜八とは幼馴染みで守役でもある。茶屋商いを手伝う。いつも冷静沈着な頼れる男前。

松次郎《まつじろう》　茶屋かささぎの料理人。無口だが料理の腕前は確か。喜八の父・大八郎に恩義がある。

おもん　大八郎の妹で、山村座の人気女形・藤堂鈴之助《とうどうすずのすけ》の妻。茶屋かささぎの店主で女将だが、いまは喜八に店を任せている。

東儀左衛門《あずまぎざえもん》　狂言作者。茶屋かささぎの常連で、夜な夜な店にやってきては、喜八と弥助に台詞を読ませながら芝居の筋書きを練る。

おあさ　東儀左衛門の娘で、同じく茶屋かささぎの常連。目が悪く、ときどき眼鏡をかける。父のために、市中で芝居の題材になりそうな噂を集めている。

中山直房《なかやまなおふさ》　先手組鉄砲組頭に盗賊追補を兼ね、喜八の父・大八郎を捕らえた中山直守《なおもり》の息子。鬼勘解由《おにかげゆ》と呼ばれた父にちなんで、鬼勘と呼ばれている。火付人追捕（のちの火付け盗賊改め方）で、元町奴を警戒しており、喜八とは犬猿の仲だった。

# くわいの丸煮

木挽町芝居茶屋事件帖

# 第一幕　亥《い》の子《こ》のいなり餅《もち》

## 一

九月も半ばを過ぎれば、冬が間近に迫ってくる。風は冷たさを増し、日の入りも早くなった。

木挽町《こびきちょう》の芝居茶屋かささぎで出す料理も、体の温まるものが多くなりつつある。

「これこれ。寒い時にはやっぱりこれだわ」

昼餉《ひるげ》の客が一段落した八つ時（午後二時頃）、客席では豆腐《とうふ》田楽《でんがく》を頬張《ほおば》りながら、おあさがにこにこしていた。傍らでは、付き添いのおくめが湯気の立つ蒟蒻《こんにゃく》の串を手に、ふうふう息を吹きかけている。

「おくめちゃん、熱いから気をつけるんだよ」

二人の前に座って、里芋《さといも》に味噌《みそ》だれをつけている三郎太《さぶろうた》が言った。

この日、集まっているのは「役者に会える茶屋をつくる寄合《よりあい》」の面々である。

喜八《きはち》が幼馴染《おさななじ》みの弥助《やすけ》、料理人の松次郎《まつじろう》と営む小茶屋かささぎ。この店の人気《にんき》を高めて、もっと大きな茶屋にしたいと、ふた月ほど前、計画は立ち上げられた。

発起人兼舵取《かじと》り役は、狂言作者東儀左衛門《あずまぎざえもん》の娘のおあさ。付き添い女中のおくめもその一員だ。

そして、役者に扮《ふん》する喜八と弥助の衣装を担当するのは、古い馴染みである神田佐久間《かんださくま》町《ちょう》の古着屋、吉川屋《よしかわや》の若旦那《わかだんな》である三郎太。

客の立場から料理の献立を考えるのは、江戸の泰平を守る中山勘解由《かげゆ》直房《なおふさ》、通称鬼勘《おにかん》である。

といっても、旗本の鬼勘を寄合の度に呼び出すわけにもいかない。そもそも、この寄合は日取りが決まっているわけでもなければ、全員が顔をそろえることもめったになかった。何となくかささぎに人が集まったら話し合いが始まるという、ゆるやかな結びつきにすぎないのだが、最初の試みは大成功を収めた。

九月九日の菊の節句で、喜八と弥助が役柄の衣装に身を包んで接客し、店前《たなさき》の通りでその小芝居を行ったのである。大勢の客が詰めかけ、その日限りの献立である菊花ちらしの注文は殺到。

そして今日は、その慰労と反省を兼ねての集まりなのだが……。その場所が茶屋かささぎとあっては、肝心の喜八と弥助がまったく寛《くつろ》げない。

「若と俺は、本当に慰労してもらえるので？」

おあさに聞こえぬところで呟《つぶや》く弥助を、喜八は「まあまあ」となだめすかす。

「寄合の衣装作りから小芝居の準備なんかは、ぜんぶおあささんたちがやってくれたんだからさ」

喜八はおあさたちの席へ向かい、

「今日はうちのおごりだから、どんどん注文してよ。ゆっくりできるなら、いつまでいてくれてもいいからさ」

と、三人に言った。

「ありがとう、喜八さん」

豆腐田楽をぺろりと平らげたおあさが、里芋の串に手を伸ばしながら言う。

「今日はぜひ、次のことも考えたいと思っているの」

おあさはやる気満々であった。

「もう次のことかい？」

美味《うま》そうに里芋を咀嚼《そしやく》していた三郎太がごくりと呑《の》み込み、訊《き》き返している。

「ええ。せっかくうまくいったんだもの。皆さんが忘れないうちに、次の機会を設けなく

っけ」

「でも、お嬢さん。今年の節句はもう終わっちゃいましたよ。十月って、何かありました
ちゃ」

おくめが首をかしげている。

「そうねえ」

と呟いた後、考え込む表情で里芋を口へ運んだおあさは、口をもぐもぐさせながら目を
大きく見開いた。

「この里芋、ほくほくして、なんて美味《おい》しいのかしら」

「そうだろ。嚙《か》むとねっとりして、これがまた」

三郎太が笑顔になって言う。蒟蒻をまだ食べきっていないおくめは、二人の話に焦った
様子で口を動かし始めた。

おあさと三郎太は里芋の田楽の美味しさについて語り合っていたが、しばらくすると、

「十月といえば、亥《い》の子《こ》の日があるわ」

と、おあさが話を元へ戻した。

「ああ。亥の子餅を食べる日だな」

と、喜八はうなずいた。

亥の月である十月最初の亥の日が「亥の子の日」となる。この日に炉《ろ》開《びら》きや炬燵《こたつ》開きを

すると火事にならないと言われ、無病息災を願って亥の子餅を食べる風習もあった。となれば、茶屋でも亥の子餅を出すのがよさそうである。松次郎に頼めば、亥の子餅は作ってくれるだろうが、それに合わせた芝居や役柄となると、何があるのだろう。

喜八と同じような思考をたどったらしいおあさが「十月の興行は何だったかしら」と首をひねっている。それが分からない限り、寄合の話は先へ進みようもなく、三人の口は専《もっぱ》ら田楽を味わうことに費やされ始めた。

そろそろ追加の品を催促に行こうと、喜八が調理場へ戻りかけた時、店の入り口の暖簾《のれん》を割って、新たな客が入ってきた。

「いらっしゃいませ」

喜八と弥助の声が重なる。

入ってきたのは、四十路《よそじ》ほどの、やや痩せ気味だが堂々とした羽織《はおり》姿の男であった。どこぞの大店《おおだな》の主人といった風情《ふぜい》で、風呂敷包みを抱えた奉公人を一人伴っている。

「どうぞ、こちらのお席へ」

喜八が客の案内に立つと、弥助は奥へ麦湯を取りに向かったようだ。

「ようこそ、お越しくださいました。俺は喜八といいます」

「ああ、知ってるよ。ここの若旦那だろう？」

羽織姿の男は気さくな調子で言った。穏やかな表情をしているが、喜八にまっすぐ向けられた目は笑っていない。棘《とげ》があると言うほどではないが、じっと見られているのは落ち着かなかった。

「うちに来てくださったのは初めてですよね」

念のために尋ねると、「ああ、そうだよ」と返ってきた。

「会ったことはなくても、かささぎの若旦那は評判だからね。先日も、店前の通りで藤堂《とうどう》鈴之助《すずのすけ》顔負けの芝居をしたって言うじゃないか。生憎《あいにく》、見てはいないんだが……」

「いや、あれは……」

そんな大したものではない——と言いかけた時、弥助が二人分の麦湯を持って現れた。

「どうぞ」

湯気の立つ茶碗を置く弥助のことも、羽織姿の男はじっと見つめている。

「ご注文はお決まりですか」

弥助は客の粘り着くような眼差しにも、いっこうに動じることなく平然と尋ねた。

「ああ。私は日本橋に店を持つ萬屋清兵衛《よろずやせいべえ》といってね」

どういうつもりか、男は注文のことなどそっちのけで、急に名乗り出した。

「日本橋の萬屋……もしや本の問屋《とんや》でございますか」

弥助が尋ね、「そうだ」と萬屋清兵衛はおもむろにうなずいた。

「主に、下《くだ》り物《もの》の本を売っている。近頃じゃ、井原西鶴《いはらさいかく》先生の『好色五人女《こうしょくごにんおんな》』が人気を博していてねえ」

東儀左衛門やその弟子の六之助《ろくのすけ》あたりが聞けば、喜ぶ話題なのだろうが、生憎、喜八には読書をたしなむ習いはない。この一年、読んだものといえば、儀左衛門や六之助の書いた台帳に限られている。

「木挽町へはお商いの御用で？」

喜八が尋ねると、萬屋清兵衛の眼差しがぴたっと喜八に据えられた。

「いや、まあ、それもあるが、私は山村座の四代目の贔屓筋《ひいきすじ》でね」

山村座の座元は代々、山村長太夫《ちょうだゆう》を名乗る。四代目は三代目の甥《おい》で、座元を務めつつ、役者として芝居にも出ていた。

しかし、九月の芝居「菊慈童花供養《きくじどうはなくよう》」に、四代目は出ていないはずだ。今回は女形《おやま》の穆王《ぼくおう》役に、若手の玉上新之丞《たまがみしんのじょう》を起用したことに伴い、主役である菊慈童も若手を使ったと聞いている。

そんな喜八の内心を読んだものか、

「今日は四代目を見に来たんじゃないよ。若手が育っているかどうか、見てほしいと、四代目から頼まれてね」

清兵衛は自分からそう言った。

「そうでしたか。芝居はいかがでしたか」

新之丞は、喜八の義理の叔父藤堂鈴之助の弟子であり、この茶屋の客でもあるから、喜八も気になっていた。

「ああ。思っていたより頑張っていたね。新之丞は癖のある役をやるのが上手《うま》い」

以前、儀左衛門も同じように新之丞を評していたことがあったから、清兵衛の役者を見る目は確かなもののようだ。

そんなふうに喜八と弥助をそばに引きつけたまま、仕事の話、芝居の話を交わした後、

「ああ、注文を取りに来てくれたんだったね」

と、清兵衛は思い出したように言った。

「品書きはあちらの壁にございます」

喜八の言葉に「ああ」と応じはしたものの、清兵衛は品書きには目もくれない。

「とろろ汁はあるかね」

唐突に、清兵衛が注文の品を口にした。

「はい、ございますが」

「では、麦飯ととろろ汁を二人前頼む」

一度も品書きを見ることなく、清兵衛は告げた。大店の主人にしては素朴な献立だが、

「幼き頃は、ずっとこの取り合わせだったものでね。皆は白飯が美味いと言うが、どうも私の舌には合わん」

と、続けて言う。

「巴屋《ともえや》でもいつも同じものを注文する。誰も顔には出さぬが、迷惑がられているだろう」

「えっ」

突然、清兵衛の口から飛び出してきた巴屋の名に、喜八は驚いた。

「大茶屋の巴屋さんのことですか」

慌てて訊き返すと、清兵衛はおもむろにうなずいた。落ち着いて考えれば、山村座四代目の贔屓筋である清兵衛が巴屋に出入りするのは当たり前だ。

「では、麦飯ととろろ汁二人前、確かに承りましたので、少々お待ちください」

弥助が言ったのを機に、二人で調理場へと下がった。

「どうも話しにくいお客さんだな。お前がいてくれて助かったよ」

松次郎に注文を伝えてから、喜八は小声で弥助に礼を言う。

「巴屋の名を出したのはわざとでしょう。俺たちの様子をうかがっていたと思います」

木挽町の大茶屋、巴屋の主人仁右衛門《じんえもん》は、かつて弥助を用心棒に引き抜こうとしたことがある。それをきっぱり断ったため、どうやら喜八と弥助を逆恨みしているらしい。

「巴屋から、何か頼まれてるのかな」

「そうかもしれません。念のため、この先は俺が相手をしますよ」

弥助ならば、相手に乗せられて言質《げんち》を取られるようなこともあるまい。喜八は弥助に任せることにした。

その後、麦飯ととろろ汁を二人前、弥助が席へ運んだが、特に何事もなく、清兵衛と連れの奉公人は黙って飯を食べ始めた。

やがて、店にいた客はひと組、ふた組と帰っていき、おあさたちと清兵衛たちを残すのみとなった。おあさたちも清兵衛たちの様子が気になるのか、今は寄合の話もせず、おとなしくしている。

清兵衛たちの食事が終わるのを見澄まし、弥助が片付けに席へと向かった。

「ご馳走《ちそう》さん」

清兵衛は磊落《らいらく》な調子で言い、立ち上がった。二人分の銭はすでに台の上に置かれている。

「ありがとうございました」

弥助の挨拶《あいさつ》に続いて、喜八は調理場と客席を仕切る暖簾から顔を出し、「またのお越しをお待ちしています」と声だけかけた。

清兵衛の足が止まり、喜八の方を振り返る。目は合ったが、喜八は動かなかった。すると、

「私は、巴屋の旦那に大きな恩があってね」

と、清兵衛は勝手にしゃべり出した。

「この先、巴屋に何かあれば、私は迷わず巴屋を助けるつもりだよ」

喜八に向けてしゃべっているようだが、独り言のようでもある。言うだけ言うと、清兵衛はさっと向きを変え、店を出ていった。

弥助が外まで見送りに行き、休憩のため暖簾を下ろしてから戻ってきた。表の戸が完全に閉められた時、喜八は息を大きく吐き出した。何をしたというわけでもないのに、ひと仕事終えたような疲れを覚えた。

## 二

「喜八坊、喜八坊」

ひと息吐《つ》いたところで、三郎太から手招きされた。先ほどまでとは打って変わり、心配そうな顔つきをしている。おあさとおくめの顔も似たり寄ったりだ。

「さっきのお客は、いったい何者なんだ」

喜八が近付くのを待ちかねたように、三郎太が口を開き、

「出ていく時、巴屋って言ってなかった？」

と、おあさも続く。

「ああ。あの人は日本橋の本屋のご主人で、萬屋清兵衛さん。山村座四代目の贔屓筋で、巴屋さんにもよく行くそうだよ」

喜八はいつもの調子を心掛けながら話した。

「よく行くことと、迷わず巴屋さんを助けることは、ぜんぜん違うだろ」

三郎太が大きな声で言う。巴屋とのいざこざは三郎太も知るところだが、喜八の想像以上に心配してくれていたようだ。

「日本橋の萬屋は大きなお店よ。人気の本も出しているし、四代目の贔屓筋の中でも力があると思う。そういう人が迷わず巴屋を助けると言うなんて」

おあさも複雑そうな表情を浮かべている。

「清兵衛さんは巴屋の旦那に恩があると言ってたけどさ。くわしくは聞いてないんだ。だから、迷わず助けるって言葉には俺も驚いたよ」

喜八が説明していると、

「四代目の贔屓筋であれば、東先生のお知り合いなのでは？」

と、いつの間にか近くへ来ていた弥助が口を挟んできた。

「そうね。弥助さんの言う通りだわ」

おあさが思い出したように、大きくうなずく。

「帰ったら、お父つぁんに訊いてみなくちゃ」

おあさは今日のことを儀左衛門に話し、分かったことがあれば、すぐに知らせると言ってくれた。

皆の気持ちが萬屋と巴屋の件に移ってしまった後は、また楽しくおしゃべりするという雰囲気でもない。この日の会食はこれでお開きとなった。

「また、来るよ」

と立ち上がった三郎太は「何かあったら必ず俺に知らせるんだぞ」と喜八に注意する。

「ご心配なく。何かあれば、あたしがすぐ三郎太さんのお店へ知らせに行きますから」

喜八が答えるより先に、おあさが言った。

「そうか。それなら安心だ」

と、三郎太は笑みを見せる。

「亥の子の日の打ち合わせは、また改めてということで」

おあさの言葉に皆でうなずき、三人は帰っていった。

もっとゆっくりしていってもらいたかったが、中途半端になってしまった。しかし、萬屋のことを気にしていたおあさは、少しでも早く儀左衛門に話を聞きたいのだろう。

「巴屋の旦那が萬屋の旦那に、どんな恩を施したっていうんでしょう。巴屋の主《あるじ》におさまった後の話なら、ここ数年のことになりますが」

弥助もまた気になるようで、握り飯を食べる合間に、そんなことを呟いている。

「確か、巴屋の旦那は前の店を買い取って、主人になったんだよな」

巴屋という大茶屋自体は古いものだが、前の主人が奉公人も含めた店ごと売りに出し、それを引き取ったのが今の仁右衛門である。それ以前、喜八の父の大八郎《だいはちろう》が巴屋を丸ごと買い取って、妹のおもんに与える話があったのだが、大八郎がお縄となって頓挫《とんざ》した。その後も巴屋は商いを続けながら、新たな買い手をずっと探していた模様で、しばらくしてから仁右衛門が巴屋を手中に収めたのだった。

「恩を施したのは、巴屋の旦那が茶屋の主人となる前かもしれないな」

喜八の呟きに、弥助が考え込む様子でうなずいた。

「そうなると、どんな恩だったのか、知るのは難しいかもしれませんね」

二人で憶測を言い合ってはみたものの、手がかりもないので話も続かない。何となく盛り上がりに欠けた気分で遅めの昼餉を終えた後、かささぎは再び暖簾を上げた。

七つ時（午後四時頃）からは芝居帰りや買い物帰りの客が現れ、やがて仕事を終えた人々が夕餉を食べにやって来る。そんな中、まだあまり店が混んでいない頃、三十路《みそじ》を過ぎたくらいの女と十代半ばほどの若い男が連れ立って現れた。少し似通ったところがあり、母子《おやこ》のように見える。

「いらっしゃい。初めてのお越しですね」

席へ案内した喜八が愛想よく尋ねると、「え、ええ」と女客が少し物馴《ものな》れぬ様子でうなずいた。

「木挽町にいらっしゃるのも初めてで？」

緊張をほぐそうと雑談を続けると、

「俺たち、江戸に来たのが初めてなんです」

若者の方が女の代わりにはきはき答えた。

「あ、そうだったんですね。それじゃあ、いろいろ見ていってください。木挽町の見どころはやっぱり芝居小屋ですが……」

喜八が気さくに話しているうち、女客も少し打ち解けてきたようであった。

「あたしたちは伊勢《いせ》から来たんですよ」

「そりゃまた、遠いところからお越しになったんですね。旅は大変だったでしょう」

「ええ、まあ。でも、こっちへ来る商人《あきんど》さんたちと一緒だったから」

伊勢から江戸へやって来る商人は多い。行商人もいるが、伊勢に本店《ほんだな》を構えつつ江戸店《えどだな》を持つ豪商のもとで、両店を行き来する奉公人もいる。この二人はそういう商人の一行に加わって、江戸へやって来たということのようだ。

「あたしは、かねといいます。こっちは倅《せがれ》の伊一郎《いいちろう》」

女客が名乗った。

「喜八といいます。江戸にご滞在の間は、どうぞご贔屓に」

「あ……あたしたち、しばらく江戸にいるかもしれないんです」

おかねは言い出した。

「それじゃあ、ぜひまたいらしてください」

と、喜八は言い、壁に貼ってある品書きを勧めた。その時、おかねが何か言いたそうな、話し足りないような表情を一瞬見せた。注文に話を振るのが早すぎたか、とは思ったが、その後はおかねも伊一郎も品書きを興味深そうに眺めている。

「寒くなってきましたから、田楽などはいかがでしょう。味噌は甘いのと甘辛いのと二つご用意しています。鍋物も体があったまりますよ。茸《きのこ》に冬菜《ふゆな》、滋養がたっぷりつまってて……」

喜八の話を一通り聞き、おかねと伊一郎は鍋物と茸の炊き込みご飯をそれぞれ二人前注文した。

料理が調《ととの》うまでの間、二人は特に話し込むこともなく、品書きを眺めたり、店内の様子に目を向けたりしていたようだ。やがて、喜八が湯気の立つ鍋物と炊き込みご飯を運んでいくと、

「あら、まあ」

と、おかねの顔が初めて柔らかく綻《ほころ》んだ。

「いいにおいだね、母《かあ》ちゃん」

と、伊一郎の顔もそれまでになく明るい。

「さあ、お熱いうちにどうぞ」

二人はすぐに箸《はし》を手に取ると、おかねは鍋物の舞茸《まいたけ》をつまみ、伊一郎は豆腐と山芋、蓮《れん》根《こん》などで作られた団子を頬張った。

「熱っ、熱っ」

などと、伊一郎は慌てているが、その表情は仕合せそうだ。

「いい出汁《だし》のお味ですね。江戸の料理は味付けが濃いと聞いていたけれど、これは奥深い味わいだわ」

「この団子もすごく美味いよ」

団子を呑み込んだ伊一郎が母親に勧めている。言われるまま、団子を冷ましてから一口食べたおかねは、

「あら、これはお魚が入っていないのかしら」

と、呟いた。

「あ、ご禁制が出ていますので、今は扱っていませんね」

「まあ」

おかねはまずいことを口にしたという様子で、周囲をそっと見回すと、肩をすくめた。

「あたしたちの村じゃ、まだ売りに来る人もいたから」

あまり気にせず、魚を口にしていたという。

「お魚を使わずに、こんなにこくのある美味しい味が出せるのねえ」

おかねは感心した様子で言い、鍋物の汁を匙《さじ》ですくっては口に運んでいる。

「それじゃ、お国とは違った味わいをお楽しみください」

そう言い置いて、喜八はいったん二人の席を離れた。

しばらくして、片付けに向かうと、

「ご馳走さまでした」

と、おかねと伊一郎は笑顔を見せた。

「とても美味しかったです。あたしたちの村にはこんなお店はないから、本当に驚きました」

「お気に召したら、またお越しください」

喜八も笑顔を返した後、

「江戸について、お訊きになりたいことはありませんか。長くご滞在なら、いろいろとご不便もおありなのでは？」

と、持ちかけてみた。先ほどのおかねの表情が見間違えでなければ、この流れで話してくれるだろう。

「泊まるところはあるんです。その、弟が働いてる店に置いてもらえるので」

と、おかねが言った。

「そうだったんですか。おかねさんの弟さんがいるなら、江戸見物も安心ですね」

「いえ、それが……」

おかねは困ったような様子で目を下に向けた。

「叔父さんは今、江戸にはいないんですよ」

と、おかねの代わりに伊一郎が言う。

「俺たちは伊勢の射和村《いざわむら》ってとこから来たんですけど、白粉作りが盛んで白粉座もあるんです。叔父さんはその一つ、澤屋《さわや》って店で働いてたんだけど、数か月前から行方知れずで」

伊一郎はさして躊躇《ためら》う様子もなく、あっけらかんと告げた。

「これ」

おかねが小声で息子を咎《とが》めた。

「はっきりしたことはまだ分からないんですよ。江戸店へ出向いたところまでは確かなんです。ただ、その後、射和村へ帰ってくる日になっても、現れなかったもんですから」

おかねが伊一郎のあとを受ける形で説明した。

そのおかねの弟の名は、鹿之助《しかのすけ》というらしい。白粉を扱う澤屋の本店の手代《てだい》で、伊勢を発《た》ったのが六月のこと。七月の初めには澤屋の江戸店に顔を見せ、仕事も滞りなく済ませたそうだが、その後、消息を絶っている。七月の終わりには射和村へ帰る予定だったのに戻らず、江戸店に問い合わせて、ようやく行方の知れぬことが分かった。鹿之助が江戸を出ていったかどうかも、定かではないという。

おかねたちはしばらく射和村で鹿之助が帰るのを待ったが、まったく音沙汰《おとさた》がなかった。そこでついに二人で江戸へ出向き、鹿之助を捜すことにしたのだという。

「あたしたちだけで何ができるとも思えないんですが、澤屋の方々にはお仕事もありますし、弟を捜してくれと頼むわけにもいかなくて」

幸い、澤屋が二人を気遣い、江戸店に寝泊まりさせてくれるというので、思い切って出てきたそうだ。

「人探しをするには、人の集まるところで訊くのがいちばんだと思ったんです。こういう茶屋は人が大勢集まるんでしょう?」

伊一郎はおかねよりは気軽な口ぶりで訊いた。

「そうですね。確かに人の出入りは多いですが……」

そうは言っても、何の手がかりもなく、闇雲《やみくも》に茶屋を当たればよいというものでもない。鬼勘のような役人に相談しても、そもそも行方知れずの人など大勢いるし、事件にもなっていない人物の探索はしてくれないだろう。

(前にも、同じように人探しが話に出たことがあったな)

あの時、鬼勘は人探し屋に頼んでみてはどうか、と言った。寅次郎《とらじろう》という凄腕《すごうで》の人探し屋が当時は江戸にいたのである。素性調べも請け負っていた寅次郎に、喜八は巴屋仁右衛門の過去を調べてくれるよう頼み、最後に貴重な情報を得ることができたのだ。

（けど、寅次郎さんはもう江戸にいないしな）

本名を竹寅《たけとら》といった寅次郎は、もともと自分の尋ね人を見つけ出したくて、人探し屋になった。それが報復のためだったこともあり、お縄になった上、江戸を所払いとなってしまったのだ。

その折のことを思い出している間、口をつぐんでいたせいか、気がつくと、おかねと伊一郎からじっと見つめられていた。

「あ、すみません。実は知り合いの人探し屋のことを思い出してたんです。尋ね人が江戸にいる場合に限って、その手の仕事を引き受けていたもので」

「その人探し屋さん、引き合わせていただくことはできませんか」

おかねが身を乗り出すようにして問うた。

「残念ながら、その人探し屋はもう江戸にいないんです。でも、同業の人がいるかもしれませんし、俺も心当たりに訊いてみますよ」

「まあ、それはありがとうございます」

おかねははかなげな笑みを浮かべ、丁寧に頭を下げた。

二人はまだ江戸に到着して間もないそうで、これから鹿之助が出入りしたと分かる場所を訪ね、その合間に人の集まる茶屋なども訪ねてみるつもりだと言う。

「若旦那から話を聞くために、またここへも来なくちゃだね、母ちゃん」

伊一郎が調子よく言った。喜八が他の客たちから若旦那と呼ばれているのを耳聡《みみざと》く聞き、さっそくそれを真似《まね》たようだ。

「お待ちしていますよ、おかねさんに伊一郎さん」

取りあえずは鬼勘に尋ねてみるかと思いながら、喜八は二人を笑顔で見送った。

三

鬼勘が配下の侍たちと共にかささぎへ現れたのは、おかね母子が現れてから二日後のことであった。

「『菊慈童花供養』をようやく見てまいった」

新しい芝居がかかる度、鬼勘はお上を誹謗《ひぼう》するせりふが無いか確かめるため、芝居小屋へ足を運んでいる。もっとも、それと分かっていて、よからぬせりふを書く狂言作者もいないわけで、これまで誰かが鬼勘の世話になったという話は聞いたことがなかった。

「それで、お芝居はいかがでしたか」

「ふむ。まあ、若旦那と弥助が出ていた『菊慈童露の一雫《ひとしずく》』より、能の『菊慈童』に忠実であったな」

鬼勘は顎《あご》をしゃくりながら言った。

「穆王が女というのには目を瞠《みは》った。四代目も鈴之助も出ておらぬのに、客もまあまあ入っていたぞ」

「そうですか。穆王役の新之丞さんには頑張ってほしいです」

新之丞は付き合いのあった若い娘に刃で切りつけられ、幸い怪我こそなかったが、鬼勘の世話になっている。ここで立ち直れなければ、もはや役者として生きられないという崖っぷちであったから、踏ん張ってほしいところだ。

「さて、今日は何を食べさせてもらおうか。寒くなってきたから温かいものがよいな」

鬼勘は期待をこめて言いつつも、芝居に時を費やしてしまったため、あまりゆっくりしていられないと言う。早く用意ができて、手早く食べられるものにしてくれとの注文がついた。

「それでしたら、かけ蕎麦《そば》にお好みで飛龍頭《ひりようず》や衣揚げ、玉子、海苔《のり》などを付けていただくのがいいかもしれません」

夏の頃はざる蕎麦が人気だったが、今、蕎麦の注文はほとんどがかけ蕎麦である。出汁のうま味と醬油《しようゆ》の風味が利いた熱々のつゆに蕎麦を入れ、軽く葱《ねぎ》を添えたものが十六文。お好みで衣揚げなどを載せれば、その都度、料金が追加される。

「今、若旦那が言ったものはぜんぶ付けてくれ。それで、かけ蕎麦を三人前頼む」

鬼勘はすぐさま注文を決めた。

「え、ぜんぶですか」

ふつうは一つか二つ加えるだけだが……。

「ああ。ぜんぶで頼む。衣揚げも載せられるだけたっぷりでな」

鬼勘の注文を受け付け、なるべく早く頼むと松次郎に伝えてから、喜八は麦湯を運んだ。

「ところで、ご用意できるまでに少しお尋ねしたいことがあるのですが」

喜八から持ちかけると、「ほう、若旦那の方から話とはめずらしい」と鬼勘は目を見開く。

「実は人探し屋に仕事を頼みたいという人がいるのですが、お知り合いはいませんかね」

「人探し屋か」

ううむと、鬼勘は唸《うな》った。

「寅次郎はなかなかの腕前だと聞いていたがな」

「江戸を去った人には頼めませんよ」

噂《うわさ》にでも聞いた者が他にいないかと期待していたのだが、生憎、思い当たる者はいないという。念のため、鬼勘は配下の二人にも尋ねてくれたが、二人とも凄腕の人探しと聞いて、頭に浮かぶのは寅次郎だけだそうだ。

「ですが……」

と、配下のうちの一人が付け足した。

「寅次郎が仕事をしていた時、手下を一人使っていたはずです。確か、小寅《ことら》と名乗っていたような……」

「おお、そういえば」

と、鬼勘もその男に覚えがあったらしい。

寅次郎が捕らわれた後、住まいの長屋も探索されたが、その際、出入りしていた若い男の存在が浮かび上がった。寅次郎も手下がいると認めたが、事件とは何の関わりもない上、使っていたのも半年ほど。寅次郎が捕らわれた後は行方が知れず、特に話を聞く必要もないため、捨て置かれたという。

「その人が寅次郎さんのあとを継いで、人探し屋をしていることはないでしょうか」

喜八は期待をこめて訊いたが、

「さて。そういうこともあるかもしれぬが、生憎、小寅とやらの顔も知らぬのでな」

と、鬼勘は言った。それに、寅次郎のように腕のよい男なら評判になりそうなものだが、それもないと言う。

「まずは口入屋《くちいれや》に行って、そういう仕事を請け負う者がいないか、訊いてみるのがよいのではないか」

鬼勘の配下がめずらしく、喜八に目を向けて直《じか》に告げた。

「……そうですね」

確かに、それ以外には思いつかない。だが、江戸者でないおかねと伊一郎が口入屋に出向いて、きちんと信頼のできる人探し屋を引き合わせてもらえるだろうか。伊一郎ははきはきしていて、目端《めはし》も利きそうだが、何といっても十五かそこらの子供である。おかねはどことなくおどおどしていて、すぐに田舎者と分かってしまう風情であった。

喜八が考え込んでいると、

「何やら面倒ごとか」

と、鬼勘が尋ねてきた。

「いえ、先日、江戸へ出てきたばかりのお客さんが見えましてね。知らない土地で人を捜すのも難儀そうでしたので」

「ふむ。どこから来たのだ」

鬼勘は雑談のような口ぶりで訊いた。

「伊勢の射和村とおっしゃってました。同じ村の弟さんが江戸でいなくなったとか」

「射和村だと――」

鬼勘の顔色が急に変わった。鬼勘ばかりでなく、二人の配下の侍たちの顔色も変わっている。

「その客はどんな者であった。男か女か、齢《よわい》はいかほどか」

鬼勘が気忙《きぜわ》しげに問う。

「え、母子連れの二人ですよ。おかねさんと伊一郎さん。三十路過ぎと十五くらいに見えましたけど」

鬼勘たちの反応に少し驚きながら喜八は答えた。

「その者たちが捜している男の名は訊いたか」

「はい。鹿之助さんと言っていました。白粉座の澤屋で働いているそうです」

喜八の返事が終わるか終わらぬうちに、鬼勘と配下の侍たちは顔を見合わせた。

「殿、これは……」

「うむ。間違いあるまい」

などと、三人だけで分かる言葉を交わしている。

「中山さまはおかねさんたちをご存じだったのですか」

「いや、おかねとやらは知らぬ。名を聞くのも初めてだ。しかし、鹿之助については少々因縁があってな」

「因縁とは……」

喜八の問いに、一瞬詰まった鬼勘は配下の侍たちと目を合わせた。その後、侍の一人が喜八に目を向け、口を開く。

「射和村の鹿之助とは、七月に会う約束を交わしていた。あまり大っぴらにしたくはないゆえ、ひそかに会う手はずであったが、取り決めの場所に奴は現れなかったのだ」

「え、それってまさか――」

喜八にも、今の話に思い当たることがあった。

七月七日、鬼勘は巴屋仁右衛門の前身を知る者と、どこかで待ち合わせをしていた。鬼勘自身は捕り物で行けないため、配下の者を行かせることにしたと――。しかし、相手の者は来なかった。本来は巴屋仁右衛門をひそかに見せ、その者が知る男と同一人物かどうか、確かめてもらう手はずだったのだが……。

というのも、巴屋仁右衛門の過去の姿を見知った者が、彼を「背が高くひょろりと瘦せた顔の長い男」と評していたためだ。喜八たちの知る仁右衛門は中背で恰幅《かっぷく》のよい男。人の風貌は多少変わるとしても、背丈や顔の輪郭まではそうそう変わるまい。

もしや、まったくの別人が巴屋仁右衛門に成りすましているのではないか。鬼勘はその疑念を抱いているようだ。だが、伊勢出身《な》である仁右衛門の生い立ちをくわしく知る者が見つからず、鹿之助と会う手段を失くしてからはどうにも行き詰まっていたという。

「鹿之助が澤屋の手代であることは、無論存じておる。その後も、澤屋の江戸店をそれとなく探っていたが、鹿之助が現れた様子はない。澤屋の者によれば、鹿之助は伊勢へ帰ったという話であったが……」

「澤屋さんでは、しばらくそう思われていたのでしょう。でも、射和村へ帰ってこないというので、おかねさんが問い合わせて分かったみたいです。おかねさんと伊一郎さんはしばらく澤屋の江戸店に身を置いて、鹿之助さんを捜すそうですよ」

「おかねとやらは、鹿之助の姉に当たるのか。妻子が捜しに来るなら分かるが、姉とその倅とは少々めずらしい話だな」

鬼勘はぶつぶつ呟きながら、首をひねっている。

「それより、巴屋の旦那と鹿之助さんはどういう関わりなんですか」

喜八はそちらの方が気にかかった。

鬼勘は周囲にちらと目を走らせ、近くに耳を澄ませていそうな客のいないことを確かめると、扇子を取り出し、喜八に耳を近付けるよう促した。

「両名の関わりは私も知らぬ。ただ、巴屋の主人の元の名は仁一郎《じんいちろう》といってな、巴屋の主人となった際、仁右衛門と改名したようだ。鹿之助はその仁一郎をよく知っているとかいうので、もしや親族ではないかと思っていたのだが」

そうなると、おかねと伊一郎が巴屋仁右衛門、いや、その前身である仁一郎について知っている見込みも出てきた。

「その母子にできるだけ早く話を聞かねばなるまいが、慎重に動かねばならぬ」

鹿之助が姿を消したことに、万一にも巴屋が関わっていたならば、おかねと伊一郎の身にも危険が及ぶかもしれない。鬼勘がそれを案じていることに気づいて、喜八は落ち着かぬ気持ちに駆られた。

「その母子には警護を兼ねての見張りを付けよう。もしここへまた来ることがあっても、余計なことは語らぬように」

「わ、分かりました」

喜八が鬼勘の話にうなずいた時、弥助が具材山盛りかけ蕎麦を運んできた。

「おお、これはなかなかに豪勢だな」

と、鬼勘が感嘆するほど、丼の上には衣揚げと飛龍頭と海苔が載せられている。玉子も注文していたはずだが、下に埋まってしまっているようだ。

「では、いただくとしよう」

鬼勘と配下の侍たちはそろって手を合わせ、衣揚げやら飛龍頭やらに箸をつけ始めた。

「ううむ。蕎麦のかけつゆにつけて食べる衣揚げもなかなか」

鬼勘は満足そうだ。

「この季節は温かいかけ蕎麦に限りますな」

侍たちも先ほどとは違い、和らいだ表情を見せている。

具材たっぷりのかけ蕎麦をつゆまで飲み干した三人は、思っていた以上に満腹になったようだ。

「いやはや、これほどに味わい豊かなかけ蕎麦もあるまい。思いがけずよいものを食した」

と、鬼勘は仕合せそうな表情で箸を置いた。しかし、その瞬間から表情を引き締めると、

「先ほどの話、くれぐれも頼むぞ」

と、片付けに出向いた喜八にささやき、すばやく立ち上がる。喜八はうなずいた後、

「どうぞ、またのお越しを」

と、声を張り上げた。おかねと伊一郎の身は気にかかるが、一方で、鬼勘たちに任せておけば安心だと信頼する気持ちもあった。

（そういや、亥の子の日に何かしたいという話、伝えそびれちまったなあ。萬屋清兵衛さんのことも話した方がよかったか）

それらのことを喜八が思い出したのは、鬼勘たちが店を去ってしばらく経《た》ってからのことであった。

四

ちょうど同じ頃、山村座の前に陣取る大茶屋、巴屋の店の中では――。

主人の仁右衛門が番頭の円之助《えんのすけ》を前に、帳簿をめくりながら当たり散らしていた。

「今年に入ってから、売り上げがじわじわと落ち続けている。このことについちゃ、これ

まで何度もお前に注意を促してきたはずだけどね」

「……はい。もちろん覚えております」

円之助は身を縮めながら、恐縮した様子で返事をする。

「だったら、どうして策を講じない。お前の頭の中にはいったい何が詰まっているんだね」

仁右衛門はさらに刺々《とげとげ》しい声を出した。

「策を講じていないわけではなく……」

「いったい、どんな策を講じたと言うんだ。前に、お前にうちの売り上げが落ちた理由を尋ねたら、お前はあの忌々《いまいま》しい小茶屋かささぎに客を奪われているようだと言った。間違いないね」

「へ、へえ。一席に何両と投じるような上客は別ですが、そこそこ裕福なお客さまたちがあちらに流れているようで」

円之助は顔を上げぬまま、おどおどと言った。

「それで？」

仁右衛門は不機嫌さをたっぷりと滲《にじ》ませた声で先を促す。

「前に申し上げたかと思いますが、その理由の一つが、あちらの料理人の腕前でございます。うちで出している料理とは、豪華さも値段も違いますが、それでも料理が美味いという話に客はつられるものですので」

「だったら、うちの料理が美味いという噂を広めるなり、かささぎの料理人の腕を折るなり、どうしてしなかった」

これほど明確な対策の方針を、仁右衛門が円之助に示したことはない。主人たる者、表に出て奉公人たちにあれこれ指図するものではないと、萬屋清兵衛に教えられたからだ。特に巴屋は格式のある大茶屋なのだから、主人はできるだけ大様《おおよう》にかまえ、細かいことに口出しせず、自分の意図は番頭を通して奉公人たちに伝えるべきだ、と――。

その話はもっともだと大いに納得できた。

巴屋に大金を落とす上客たちは皆、金のある連中だった。武家や豪商の一族、そして彼らに仕える奥女中たち。巴屋の主人となってからは、仁右衛門はそういう上流の人々と付き合わねばならず、そのためにも己を取り繕う必要があった。そして、萬屋清兵衛からの助言は有益であると、仁右衛門には思われたのだ。

巴屋を奉公人ごと買い取った時、奉公人たちを不安がらせぬことが肝要だと、清兵衛は言った。当時の巴屋は番頭の円之助を中心にうまくまとまり、利益も出していたので、とりあえずは円之助に任せるのがよかろう、とも。

だから、その助言に従い、仁右衛門は円之助に一切を任せてきたのであったが……。

その挙句が、この体《てい》たらく。

腰が低く、主人を立ててくれる円之助の気質を、これまではただ「悪くない」くらいにしか思わなかったが、店の売り上げが落ちている今は、情けないとしか言いようがない。

「その、噂というものは実際の品質が伴《しなが》わなければ、すぐに消えてしまうものですから」

円之助は慎ましい声で言った。

何が品質だ。大半の客の舌など、そう当てになるものではない。ある程度の味さえ保っていれば、あとは他人の「美味い」という言葉につられて、本当に「美味い」と思うものだ。実際、仁右衛門は巴屋の料理人が作る品を悪くないと思うし、美味いと言われれば、そうなのだろうと素直に思える。

もちろん、一部の美食家には通じないこともあるだろう。だが、そもそも芝居茶屋は料理の品質で勝負する店ではない。芝居のついでに飲食をする、または役者を呼んで宴席を張る——そのための店なのだから。

仁右衛門が内心で円之助をののしっていたら、自分の言葉に賛同してもらえたと誤解したのか、円之助がさらに続けた。

「そこで、うちも新たに腕の立つ料理人を雇い入れようと、あちこちへ声をかけておりました。旦那さんにも、その幾人かのお話は差し上げたと思いますが」

「お前の連れ込もうとする料理人は、馬鹿げた額の給金を求めてきたからね」

その手の話はすべて仁右衛門が潰《つぶ》してきた。

売り上げが落ちている時、金食い虫でしかない新しい料理人を雇うなど、まともではない。円之助が連れてくる料理人は、今の料理人の倍近くの給金を要求してきたのだ。

「これまでお話しした料理人が旦那さんのお気に召さなかったのは、私の手落ちでございます。次は旦那さんにも納得いただける料理人を……」

「ああ、もういい。だったら、かささぎの料理人を引き抜けばいいだろう」

もう一度、仁右衛門はかささぎの料理人を話題にした。先ほどは聞き流されてしまったが、そもそもその料理人が木挽町から消えるか、巴屋に来てくれれば、解決する話だ。

「いえ、それは難しいかと。かささぎの雇い人は、あちらの若旦那のために働こうという気概の持ち主ばかりと聞き及びますので。弥助さんを引き抜こうとした時を思い出していただければ……」

「だったら、さっきも言ったように、あちらの料理人が包丁を握れぬよう、腕をへし折ってやればいいのだ」

一か所だけではすぐに治るだろうから、何か所も折るか、利き腕の指でも切り落としてやればいい。

仁右衛門は完全に本気であったが、円之助にはそうは聞こえなかったようだ。主人の軽口には笑わねばとでも思うのか、引きつった笑みを見せるとすぐに話を変えた。

「かささぎには、若旦那と弥助さんが人気者であるという強みもございます。また、菊の節句には役者に扮してさらに客を集めたようで、今後も同じようなことが続くかもしれません」

巴屋にとって痛手となることを、どうして円之助は平然と口にできるのだろう。ずっとうつむいたまましゃべっている慎ましい番頭が、何やら突然、ふてぶてしい態度を取り始めたような気がして、仁右衛門は奥歯をぎりぎりと噛み締めた。

「うちは本物の役者を呼べるという強みがございます。ただ、役者たちが贔屓筋からかさぎでの酒席に誘われることが今後出てくるかもしれません。その時、自分は大茶屋の巴屋でなければ行かぬ、と役者に言ってもらうためには……」

「役者たちに小遣いを渡せ、ということか」

必要な金と言われれば、理解できないわけでもないが、業腹《ごうはら》ではある。

「小遣いでなくとも、たまには慰労と称して飲み食いさせてやるとか、舟遊びに連れていってやるなど……」

「それは任せる。あまり金をかけずにな。それから、かささぎの料理人の件は何とかしろ」

何とかといっても、円之助にはならず者を雇ってけしかけさせるようなことはできまい。今も黙って頭を下げてはいるが、新たな料理人をどこから連れてこようか、などと頭をめぐらしてるはずだ。

（うーむ。いざとなったら、この俺がやるしか……）

仁右衛門が心の中で思いめぐらしたその時、「失礼します」と部屋の外から女中の声が聞こえてきた。

「萬屋さまがお見えになられましたが……」

「おお、そうか」

特に会う約束はなかったが、萬屋清兵衛が来た時にはすぐに知らせるようにとすべての奉公人に伝えてある。

「では、私はこれにて」

円之助が帳簿を片付け、頭を下げた。

「すぐに萬屋の旦那をこちらへお通ししなさい」

と、仁右衛門は女中に告げる。ややあって、円之助と入れ替わる形で萬屋清兵衛が現れた。

やや痩せ気味の清兵衛に比べれば、仁右衛門の方が体格はがっしりして押し出しもよいのだが、全体に漂う貫禄となると敵《かな》わない。

「やあ、巴屋さん。突然、お邪魔して悪かったね」

「いえ、滅相もない。萬屋の旦那とお話しする以上に大事な用など、ありゃしませんよ」

どういうわけか、清兵衛の前に出ると、仁右衛門は卑屈な態度を取ってしまう。威圧を加えられたわけでもないのに、謙《へりくだ》らなければならないような気にさせられてしまうのだ。

「そうかしこまらないでいい。お前さんに巴屋を営むお膳立てをしたのは私だが、お前さんだって、今じゃ立派な大茶屋の主人だ。時には、私を待たせたって気にすることはないんだよ」

清兵衛の言葉は、もちろんそのまま受け取ってよいものではない。これは「お前を今の立場にしてやったのはこの私だ」と言っているようなものだ。「自分を待たせてもいい」という寛容な言葉の裏には、「そう言われたからといって、お前が図に乗っていいかどうかはよく考えろ」という意が隠されている。

「して、今日はどんな御用でしょうか」

「いや、なに。近頃、木挽町じゃ、かささぎの話題に事欠かないからね。私もかささぎの様子を見に行ってきたんだよ」

「えっ……」

思いがけない話の成り行きに、仁右衛門は絶句した。

「まあ、人気になる理由はいくつか分かった。ふつうの料理人ならつまらないと思うような料理を注文したが、丁寧に作ってくれたしね」

少し棘のある物言いに、思い当たることがあった。

「もしや、麦飯ととろろ汁を……？」

清兵衛が巴屋でもそれを注文することは、仁右衛門も知っていた。大茶屋にふさわしくない料理など作りたくない、とごねる料理人を叱《しか》り飛ばし、その要求には必ず応じるように言いつけている。

とはいえ、巴屋の料理人はぱぱっと作ったものを出すだけで、清兵衛もそれに気づいていたのだろう。これまで文句を言うことは一度もなかったが、今の言葉ではっきりと分かった。

（しかし、たかが麦飯ととろろ汁に、上手も下手もあるのか？）

かささぎではよほど質のよい大麦と山芋を使っているということか。巴屋でも大麦と山芋の仕入れ先を再検討させなければならないと、仁右衛門は心に留めた。

「まあ、その話はいい。かささぎがどれだけ客を集めようと、巴屋には私がついているんだ。お前さんが案じるには及ばない」

清兵衛は安心させるような声で言った。

「私は山村座の四代目と旧知の仲だからね。私の目が黒いうちに、四代目が巴屋をないがしろにすることはない。座元が味方であるというのは大きいよ、茶屋にとってはね」

「それはもう」

仁右衛門は首を縦に幾度も動かした。

「実はね、十一月の顔見世芝居で何をやったらいいか、四代目に前々から相談を受けていてね」

いくら贔屓筋といっても、座元から顔見世芝居の演目について相談されるなど、ふつうのことではない。座元との特別な間柄をあえて知らしめようとの腹づもりだろうが、清兵衛がそんな相談にあずかるのも、版元であることと深く関わっている。

これまで出した本やこれから出す予定の本に、芝居として成功しそうなものがあれば、教示してもらいたいと四代目も考えているのだろう。

「それで、西鶴の『好色五人女』をぜひにと勧めておいた。やはり、顔見世は華のある芝居がいいからね。西鶴の作なら当たりは間違いない」

井原西鶴の『好色五人女』は大坂と江戸で刷られたが、江戸の版元となったのが誰あろう、この萬屋清兵衛であった。この本はよく売れたそうだ。本を買って読む人間はまだ限られているが、芝居を見に来る層と重なることが多い。だから、『好色五人女』を芝居にすれば、成功するという話はうなずける。

「四代目もいい話だと乗り気でね。ほぼ決まったようなものだ」

「それは、顔見世が楽しみですな」

「ただし、西鶴の本は浮世草子《うきよぞうし》だからね。台帳に改めなくちゃいけない。台帳に直す狂言作者は誰がいいか、探しているところなんだが……」

版元である清兵衛の考えがほぼそのまま通る話らしい。

（萬屋の旦那は、俺の考えを聞いてから決めると言っているのか）

とまでは考えが及んだが、親しい狂言作者など特にはいない。山村座の芝居が千穐楽《せんしゅうらく》を迎えれば、その都度、巴屋で慰労の席が設けられたから、顔を合わせた狂言作者は何人か思い当たるが……。

その時、仁右衛門の脳裡《のうり》にふと浮かんだ人物がいた。

（東儀左衛門――）

狂言作者連中の中でも、特にかささぎに入り浸っているとの話は耳に入っている。何でも、味にうるさい男だそうで、だからこそ、かささぎの料理を気に入ったというわけか。

「その台帳を書く間、うちの茶屋をお仕事場として使っていただけますでしょうか」

仁右衛門が尋ねると、清兵衛が「これは奇遇だね」と言って、にやりと笑った。

「私もそうしたらいいんじゃないかと、思っていたんだよ」

と、笑みを浮かべたまま言う。

「かかりは、私と座元が出すと言えば、作者の先生は喜んで引き受けてくれるだろうよ。それで、心当たりの先生はいるのかね」

「はい。たった今、思い当たりました」

仁右衛門は唇の片端を吊《つ》り上げて笑いながら、清兵衛の方に膝を進めると、一人の作者の名を口にした。清兵衛は笑みを絶やさずに聞き、おもむろにうなずき返した。

# 五

九月末日、山村座の「菊慈童花供養」の千穐楽の日。

日も暮れて半刻（約一時間）ほどが過ぎ、暖簾を下ろした茶屋かささぎでは、最後まで残った六之助、おあさ、おくめの三人が料理をつまみながら雑談を続けていた。その隣の席では、仕事の終わった喜八と弥助、松次郎が夕餉を腹に収めている。

「今頃、お父つぁんは巴屋さんね」

おあさが栗《くり》の蜜煮をつまみながら、どことなく不満げな口調で呟いた。

「まあまあ、巴屋さんに行ったからといって、お嬢さんがそうも不機嫌になられたのでは、先生がお気の毒というものです」

六之助がとりなすように言う。

「そういや、前にも似たようなやり取りがあったな」

喜八が茸の炊き込みご飯をかきこむ手を休めて言うと、

「そうでした。あれは『竹田《たけだ》の里血風譚《さとけつぷうたん》』の千穐楽の日でしたっけ」

六之助が懐かしそうな笑みを浮かべた。

「巴屋さんはかささぎを目の敵《かたき》にしているのよ。近頃じゃ、萬屋清兵衛さんの動きだって気になるっていうのに」

「その二人の様子を探るため、東先生は今、巴屋での慰労の宴《うたげ》に出てくださってるんだろ」

喜八の言葉に、「それはそうだけど」とおあさは仕方なさそうにうなずく。

清兵衛が仁右衛門に恩義があるとの一件については、おあさがさっそく儀左衛門に質《ただ》してくれたのだが、聞いたこともないという返事であった。その後、折を見て探ってやろうと儀左衛門は自信たっぷりに請け負ったそうだが、特にこれという知らせもない。「もう九月も終わりだっていうのに」とおあさはやきもきしているのだ。

「まあ、興行中はそれどころじゃありませんで。今日の慰労の宴では、巴屋の旦那も顔を見せるでしょうし、場合によっては萬屋の旦那も現れるかもしれません。今日こそ、先生も何かつかんでこられますよ」

六之助は蜜煮に添えられていた栗餡《くりあん》を箸ですくいながら、大らかに言った。

「そうだといいんだけど」

おあさはあまり信頼できないという様子で呟いた後、喜八に少し気まずそうな表情を向けてきた。

「実はね、喜八さん。山村座の十一月の顔見世で、お父つぁんの書いた芝居を使ってもらえることになったの」

「そうなのか。十一月の顔見世は特別だろ。さすがは東先生だな」

おあさがなぜ気まずそうな表情なのかは分からぬまま、喜八は明るい声を上げた。

「まったくです。間を置かず先生の台帳を使ってくださるのは、それだけ先生にお力がある証《あかし》でございます」

六之助は素直に嬉しそうだ。

「おあささんはあまり喜んでないみたいだけど」

「お父つぁんが選ばれたこと自体は嬉《うれ》しいのよ」

と、おあさは言って、小さく溜息《ためいき》を漏らす。

「ただ、顔見世芝居は井原西鶴先生の『好色五人女』を使うことになっているの。『菊慈童花供養』の興行の合間を見つつ、『好色五人女』の台帳を書いてたんだけど、明日からはもう初段のお稽古に入るんですすって」

「それじゃあ、東先生は大忙しだな」

「そうなの。台帳を書き上げたそばからお稽古をするみたい。芝居小屋に近い方がいいからってんで、これからは巴屋さんで書き続けるんですって」

「へえ、巴屋さんで……」

いい気はしないが、といって申し訳なさそうなおあさに向かって、それを正直に告げるのは忍びない。

「でも、それは先生の考えっていうより、山村座の勧めによるものなんだろ」

おあさが気を楽に持てるように、喜八が言うと、

「山村座と巴屋の旦那の勧めだったようです。先生はしばらく、かささぎのお料理を召し上がれなくなると悲しんでおられました」

と、六之助が間を取り持つように言った。

「ま、そういうことなら、仕方ないよ。顔見世は芝居小屋にとって、一年で最も大事な芝居なんだろうし、東先生には少し気張ってもらわないとな。もちろん息抜きしたくなったら、うちにも来てほしいと先生にお伝えください」

最後は六之助に目を据えて、喜八は告げた。

「ありがとうございます。先生もお喜びになるでしょう」

六之助が礼を述べたのを機に、「ところで」と喜八は話を変えた。

「十月の亥の子の日に、何かやりたいってことだったけど」

「そうだったわ」

おあさはぽんと手を打ち、話し始める。

「山村座の十月の演《だ》し物は『小鍛冶《こかじ》』よ。これは去年も演じられた冬の定番だけれど、喜八さんと弥助さんにはその扮装をしてもらいたいの。三郎太さんにはもうお話しして、古着を仕立て直してもらっているわ」

「『小鍛冶』は狐《きつね》と鍛冶職人の話だったよな」

能の「小鍛冶」を元にした演目で、芝居の大筋も能とほとんど変わらない。天皇の命令で剣を作ることになった小鍛冶の三条宗近《さんじょうむねちか》は、自分と同じ力量を持つ職人に相槌《あいづち》を打ってもらわなければならないが、その者が見つからず、稲荷明神《いなりみょうじん》に参詣して助けを乞う。すると、稲荷明神が狐の神霊となって鍛冶場へ現れ、相槌を務めてくれることになった。こうして神の力を借りて、名刀「小狐丸《こぎつねまる》」が出来上がるというおめでたい話だ。芝居では、狐の扮装をした役者が相槌を打つという、見栄えの面白さもあり、人気がある。

「それでは、若が狐で、俺が鍛冶職人ですね」

突然、弥助が口を開いた。湯飲み茶碗を手に涼しい顔をしている。

「ええ。三郎太さんにもそういうことで用意してもらっているわ」

おあさが当たり前のような顔で言った。

「おいおい、急な話だな」

狐の扮装で接客は難しいだろう。どういう感じの格好になるのかと尋ねると、

「動きにくいのはよくないから、お二人とも小袖《こそで》を襷掛《たすきが》けにしていただいて、喜八さんには狐のお面を着けてもらうのがいいと話していたの。顔が隠れるふうにかぶるんじゃなくて、お面を上向きに頭の端に載せる感じで。弥助さんにも何か鍛冶職人らしさが出るもの

を着けてもらうことになると思うわ」

と、おあさはすらすら述べた。狐の面をかぶるだけならば、それほど負担にはならないだろう。それに、今回は暇もない上、前にもかかったことのある芝居なので、小芝居もしないということであった。

「お料理はどうしましょう。生憎、中山さまにはご相談できていないのだけれど」

おあさが喜八と松次郎を交互に見ながら言った。

「ああ、俺も鬼勘に訊こうと思ってたんだけどさ。つい、他のことに気を取られて話しそびれちまったんだ。鬼勘も急いでいたし」

かささぎ寄合はゆるやかな結びつきなので、こういうこともある。

「まあ、亥の子餅は欠かせないよな。松つぁんは細かいところも考えてくれてるんだろ」

喜八が話を振ると、松次郎はおもむろにうなずいた。

「味はどんな感じになるんだ」

亥の子餅は亥の月である十月の亥の日、亥の刻に食べるのが本来の形である。亥の刻は夜も更けた頃だから、食事として食べるというより菓子として食べる人が多いはずだ。餅には幾種類かの豆に加え、栗や柿、糖《あめ》を入れて甘味をつけるのだが、甘い餡を餅で包《くる》んだものもある。

松次郎によれば、栗や柿、糖はしきたり通りに使うが、餡は入れないということで、甘味は控えめになるようだ。

「それでしたら、汁粉《しるこ》か甘酒を一緒に付けてもいいかもしれません」

弥助の言葉に、おあさが目を輝かせた。

「汁粉は喜八さんが、甘酒は弥助さんが運ぶ、というようにすれば、注文に違いが出ていいと思うわ」

その案に反対する者はいなかった。

「『小鍛治』の扮装をするのなら、狐にまつわる献立も作るのはどうでしょうか」

弥助が松次郎に目を向けて問う。

「ふうむ。油揚げと茸の炊き込みご飯、油揚げを載せたかけ蕎麦などか……」

松次郎が自分一人の考えにふけって、ぶつぶつと呟き出した。

「あ、それならさ」

喜八が声を上げると、皆の目が集まってくる。

「松つぁんの作った亥の子餅を油揚げでくるむってのはどうだろう」

「そりゃあ……」

松次郎の口から、是とも非ともつかぬ声が漏れた。今度は皆の目が松次郎の口もとに集まる。

「いい考えでさあ。いなり寿司ならぬいなり餅ってやつですな」

めずらしく、松次郎が大きな声を出した。

「亥の子餅が入ってるんだから、『亥の子のいなり餅』がいいんじゃねえか」

喜八が言うと、皆がうなずいた。

「さすがは若旦那。名付けの勘が冴《さ》えてますな」

六之助がにこにこしながら言う。

「いなり餅ってのは松つぁんが言ったんだけどな」

こうして、亥の子の日の献立は、飲み物付きの亥の子餅と、亥の子のいなり餅をそれぞれ一日限りとして供することに決まった。

その後も、一同は亥の子の日の計画について話しながら、もしかしたら慰労の宴を抜けた儀左衛門が現れるかもしれないとしばらく待ったが、やがて五つ（午後八時頃）も過ぎてしまったので、おあさたちも帰ることになった。

「お父つぁんったら、あたしたちがやきもきしてるのも知らないで」

巴屋の店の方に目を向けながら、おあさは気を揉《も》んでいる。

「お父つぁんから話を聞いたら、喜八さんたちにもすぐに知らせるから」

おあさはそう言って帰っていったが、翌日やって来た時には、巴屋と萬屋の深い関わりについては聞き出せなかったと告げた。そして、「好色五人女」の台帳書きで忙しい儀左衛門は巴屋に入り浸っているそうで、その後もしばらくかささぎへ現れることはなかった。

# 六

何かあれば巴屋を助けると言う萬屋清兵衛のことや、射和村から来たおかねと伊一郎母子のことなど、気がかりなことはありつつも、暦が十月に替わり、最初の亥の日が近付いてくると、喜八や弥助も忙しくなった。

儀左衛門ばかりでなく、鬼勘もおかねたちに警護の見張りを付けると言った日以来、かささぎには来ていない。

（亥の子の日には来るつもりかな）

心待ちにしているわけではないが、ふとそんなことを思い浮かべてしまった。

心待ちと言えば、この手の特別な日に来てくれるのではないかと、喜八がふと気にかけてしまう人がいる。

（あのきれいな武家の奥方さま……）

菊の節句の日、もう日も暮れてから菊酒だけを飲みに現れた女人について、喜八は何も知らない。

初めて姿を見たのは夏越《なごし》の祓《はらえ》の六月末日、ここからほど近い太刀売稲荷《たちうりいなり》でのことであった。この時、奥方に見惚《みと》れていたのは弥助の方で、喜八はそうでもなかったのだが……。

その後、巴屋に客として来ていた奥方を、店前の大通りで見かけたのが二度目。三度目が菊の節句である九月九日の来訪で、この時、初めて口を利いた。

以来、喜八はなぜかこの奥方のことが気にかかっている。ただし、奥方の何が気になるのかは自分でもよく分からない。一方の弥助は奥方のことを「きれいな人」だの「不思議な人」だの言ってはいたが、菊の節句以来、奥方のことを口にすることはなかった。

（よくよく考えてみれば、ただきれいな人だって心に残っただけなのかもな。奥方に惚れたのかと疑ってたが、特に思い詰めてるふうでもないし……）

そんなことを思いめぐらしつつ、喜八は奥方を待っていたが、九月九日以後は見かけることもなかった。

（巴屋さんには足を運んでいるんだろうか）

巴屋に出入りしている儀左衛門に、そのことを訊きたいところであったが、おあさを介して問うのも何となくきまり悪い。

そうこうするうち、十月初めの亥の日を迎えた。「小鍛冶」の衣装や料理の準備は調っている。

衣装と狐の面は前日に三郎太が届けてくれた。二人とも小袖を襷掛けにし、弥助は鉢巻を巻くことになっている。鍛冶場で刀を打っている様子に近付けるためだそうだ。

「本当は、狐の尻尾《しっぽ》を作りたかったんだけどなあ」

三郎太は残念そうに言った。

「猿みたいな細い尻尾ならともかく、狐のふさふさした尻尾はうまく作れなくてさ。悪かったよ。もっと暇があれば、いろいろと工夫してみたかったんだけど」

「いや、尻尾なんかつけてたら、動きにくいだろ」

むしろ、そんなものを作られていたら困ると思いながら、喜八は言葉を返した。

「そうか。まあ、接客には不便かな。それじゃあ、いずれ小芝居を見せる時の楽しみってことで」

三郎太はまたいつの日か、喜八に狐の扮装をさせるつもりらしい。

今回の二人の衣装は色違いで、弥助が着るのはさわやかな藍《あい》染めの小袖だが、喜八の着物は真っ白である。

「稲荷明神の化身だからさ。ふつうの狐色ってことはないだろうってんで、おあささんに相談したんだよ。そしたら、瑞祥《ずいしょう》の獣はいつでも白いものだって言われたんだ。だから、白い狐ってことで、着物も面も白にしたんだよ」

三郎太は意気揚々と、衣装作りの経緯《いきさつ》を語ってくれた。

こうして、喜八は白い小袖に狐の面、弥助は藍染めの小袖に白の鉢巻、帯と襷の色は相方に合わせて、喜八が藍、弥助が白だ。

「わあ。こうして見ると、おそろいって感じですごくいいわ」

当日、店を開ける前の早い時刻からやって来たおあさは、歓声を上げた。

「お二人とも、すごく似合っています」

おくめも目をきらきらさせている。

「今日は、お二人を見ることができただけで仕合せだって、皆、思うはずよ」

おあさが力強く言うのを、少し大袈裟《おおげさ》ではないかと思いつつ、暖簾を出すと同時に、喜八は外で呼び込みを始めた。

「今日は亥の月最初の亥の日ですよ。炬燵を出して、亥の子餅を食べなくちゃ。かささぎでは甘酒と汁粉も付けてます。甘酒は芝居『小鍛冶』の鍛冶職人三条宗近が、汁粉は稲荷明神の神霊であるこの狐めがお運びいたしましょう」

狐の面を着けた喜八が声を張れば、傍らでは弥助も呼びかける。

「『小鍛冶』に合わせて、亥の子のいなり餅も出してますよ。油揚げの中に入っているのは、寿司飯ではなく亥の子餅という変わり種。今日限りの一品です。お持ち帰りもできますから、芝居小屋へお持ちになってはいかがでしょう」

白と藍の小袖をおそろいで襷掛けにした二人の姿は、喜八が思っていた以上に、通りを行く人の目を引いたようだ。まだ大勢が行き来する時刻ではなかったが、歩いていた人たちはたいてい足を止め、吸い寄せられるように店へ入ってくれた。

最初の客を迎えると同時に、弥助は接客に移ったが、すぐに客が増えてしまったので喜八も呼び込みをやめる。あっという間に、亥の子餅と飲み物を組み合わせた注文がたくさん入った。

すでに作ってあった亥の子餅に、汁粉か甘酒を添えるだけだが、汁粉は喜八が、甘酒は弥助が運ぶという段取りがある。

初めは喜八と弥助が自分たちで覚え込み、何とかこなしていたが、やがて亥の子のいなり餅を持ち帰りたいという客の注文が入ると、てんやわんやになってしまい、途中からはおあさとおくめが手伝ってくれた。

「菊の節句の時と同じになっちゃったな」

喜八は調理場の前に立つおあさに小声で謝った。おあさはそこで客たちの注文を紙に書き取り、喜八と弥助の持ち運びに間違いがないよう、目を配ってくれている。

「いいのよ。あたしたちはかささぎ寄合の一員なんだから。今日だけはお客さんじゃなくて、働き手と思ってちょうだい」

おあさからは頼もしい言葉が返ってきた。おくめは調理場の中で、持ち帰り用のいなり餅を包む仕事をしてくれている。そうこうするうち、

「あら、今日は朝のうちから大盛況なのね」

常連のおしんと梢《こずえ》がやって来た。おしんは隠岐屋《おきや》という小間物屋《こまものや》の、梢は宮城屋《みやぎや》という太物屋《ふとものや》の娘で、いずれも店は京橋《きょうばし》にあり、家は裕福である。芝居好きの二人は芝居小屋へ

足を運ぶ度、かささぎにも立ち寄ってくれていた。

「今日、かささぎで特別な催しをしていると思わなかったから、何だか得しちゃったわ」

などと言っているおしんと梢に、相席でもかまわないかと尋ねると、「もちろんよ」という返事である。喜八は二人より少し年下の少女と老人が座る席へと案内した。

「岩蔵《いわぞう》さんにおたけさん。こちらのお嬢さん方と席をご一緒していただいても？」

「ああ、かまわないよ」

丸屋町《まるやちよう》に暮らす隠居の岩蔵が大らかに言った。その前に座るおたけもうなずいている。

「失礼します」と席に着いた梢は改めて喜八に目を戻すと、

「喜八さんの衣装、『小鍛冶』に合わせたものなのね。芝居小屋へ行く前に、いいものが見られちゃった」

と、にこにこしている。

「眼福にあずかったといったところだね」

岩蔵がふむふむとうなずきながら、口を挟んでくる。

「そうそう。まさにそれです」

自分の言いたいことを言ってもらえたという様子で、梢がはしゃいだ声を上げた。

「こちらは丸屋町のご隠居の岩蔵さんとおたけさん、こちらは京橋の梢さんとおしんさん」

喜八がそれぞれを引き合わせる。

「おたけさんはご隠居さんのお孫さんですか」

おしんが屈託ない様子で尋ね、

「いやいや、おたけちゃんは近所の娘さんでね。寂しい老人にいつも付き合ってくれる優しい子なんだ」

と、岩蔵が穏やかな声で答えた。

「寂しいだなんて。ご隠居さんにはお孫さんがいて、来年の春には江戸へ来られるんですって。あたしと同い年だそうですから、あたしも会えるのを楽しみにしてるんです」

と、おたけが口を添える。

「そうなんですか。だったら、お孫さんは真っ先にここへお連れしたらいいですわ。美味しいお料理が食べられて、役者さんに給仕してもらえるお茶屋さんなんて、他にはありませんもの」

梢の言葉に「違いない」と応じて、岩蔵が朗《ほが》らかな笑い声を上げている。

自分は役者ではないのだが……とは思いつつも、喜んでもらえるに越したことはないかと思い、喜八は口をつぐんだ。

「お嬢さん方、若旦那に給仕をしてもらいたいなら、今日は亥の子餅に汁粉を頼むといい。弥助さんなら甘酒にすることだね」

岩蔵がおしんと梢に勧めている。岩蔵の前には甘酒が、おたけの前には汁粉があった。

「じゃあ、あたしは汁粉で」

おしんと梢が迷わず言った。

「おや、お嬢さん方はお二人とも、若旦那の贔屓筋かね」

はっはっは、と岩蔵の笑い声を聞きながら、喜八は席を離れた。

「『ろ』の席のおしんさんたち、汁粉二つで」

調理場の前に立つおあさに報告する。頼んだ順番通りに品が供されるよう、調整してくれているのだ。

「おしんさんたちの分は大丈夫」

と、おあさは記録を取る様子も見せずに言う。

「え、声が聞こえたのかい？」

ふだんならともかく、今日は客が多いから、客席の会話を聞き取るのも難しいと思うのだが……。

「おしんさんと梢さんが、喜八さんの給仕を見過ごすはずがないでしょ？」

おあさは自信たっぷりに答えた。

おあさとおしん、梢の三人は、喜八の贔屓筋として自他共に認める間柄なのであった。

やがて、亥の子餅と汁粉をおしんと梢のもとに運ぶと、二人は食べる前から、喜八を見

つめ、心底仕合せそうな表情を浮かべている。それから、亥の子餅に目を向けた後、

「これ、うりぼうの模様だわ」

と、表面にある数本の線を指さしながら、おしんが言った。

「ああ、特製の味噌で引いてあるんだ」

「まあ、かささぎさん特製の味噌なのね」

松次郎が好んで使う乳熊屋《ちくまや》の味噌に味付けをしたものなので、特製と言っていいかどうかは疑問であったが、松次郎の手が加わっているのでかまわないだろう。

「甘辛い味噌が素朴なお餅によく合っているわ」

「お餅に入っている豆や栗の風味がしっかりしていて美味しい。これこそ亥の子餅よね」

二人に限らず、松次郎の作った亥の子餅は好評で、まだ昼にならぬうちから注文は続々と入った。やがて客も入れ替わり、昼の九つ（正午）頃にもなると、昼餉を頼む客たちが現れ始める。

亥の子のいなり餅の注文が増え、蕎麦や炊き込みご飯、鍋物や田楽などの注文もいつもと比べて少ないと感じるほどではない。亥の子餅と飲み物だけを頼む客は減り、忙しくはあってもいつもと同じ感じになってきたので、おあさとおくめには休んでもらい、昼餉を摂ってもらうことにした。

「あたしたちは亥の子のいなり餅を食べると決めているの」

おあさは疲れも知らぬ様子で朗らかに言い、その他に田楽や飛龍頭、味噌汁などを加えて注文した。

鬼勘がしばらくぶりに現れたのは、そうした昼餉の客も大方いなくなり、いよいよ昼の休憩に入ろうという頃であった。いつものように配下の侍を二人連れている。

「いやはや、今日は炉開きゆえ、もしやと思っておったが、やはり小芝居をやっておったか」

喜八と弥助の装いを見て勝手なことを言う。

「小芝居はしていませんよ。十月の演《だ》し物に合わせた小鍛冶の扮装をしているだけです」

「ふむふむ。二人ともよう似合っておる。これで小芝居をしないとはもったいない」

鬼勘がさらに勝手なことをほざいているのを聞いたおあさが、横から口を挟んできた。

「中山さまはかささぎ寄合の一員ですのに、他人事《ひとごと》のようでは困ります。お忙しいでしょうが、献立についてのお考えをお聞かせいただかなければ」

喜八が鬼勘たちを案内したのは、通路を挟んで、おあさたちに隣り合わせた席である。

「あの娘御とはなるたけ席を離してくれるよう、前に頼んだではないか」

「おや、寄合に加わられたから、もうかまわないのかと思いましたが。寄合の舵取り役をそう敬遠されては困りますね」

喜八が笑いをこらえながら言うと、鬼勘は口をへの字に曲げている。

それから、今日一日限りの献立について訊くと、当たり前のように亥の子のいなり餅を三人前注文した。他に大根の煮物、芋と蒟蒻の田楽などを頼んだ後、

「ちと、射和村から来た二人のことで、話しておきたいことがある」

と、喜八にそれまでとは違う真剣な眼差しを向けた。

喜八が鬼勘たちの注文を松次郎に伝えてから戻ろうとすると、おあさとおくめが気を利かせたのか、「またお手伝いに入りますね」と調理場の方へやって来た。

「忙しくさせちゃってすまないね」

喜八はおあさたちに謝り、鬼勘の隣の空いている席へ座った。

「おかねと伊一郎には警護を兼ねた見張りを付けている」

母子がどこかへ出かける時は、必ず誰かがあとをつけているそうだ。二人は江戸における鹿之助の足跡をたどっているようだが、特に手がかりを見つけた様子はなく、人探し屋に依頼をした気配もない。

「我らも鹿之助について探っておるゆえ、何か分かればおかねらにも知らせるが、それまでは近付くのを控えたい」

もしも鹿之助が事件に巻き込まれたのであれば、関わった者が存在する。その場合、鹿之助の親族であるおかね母子は、彼らにとって目障《めざわ》りとなろう。

鬼勘たちがおかねらに接触すれば、二人のことが相手に知られる恐れが出てくる。

そのため、現時点ではおかねらに関わらないと言う鬼勘の理屈は、喜八にもよく理解できた。

「本当は、鹿之助を捜すなどという危ないことは我らに任せて、おぬしらは手を引け、と言いたいところだが、それも叶《かな》わぬ。ゆえに、もしもまた母子がここへ来たら、それとなく無理をしないよう言ってやってほしい」

「分かりました。鹿之助さんの件で、中山さまたちお役人が動いていることを知らせた方がいいですか」

「いや、おぬしの言葉だけで信じるかどうかは危ういし、下手に確かめようとされても困る。そこまでは言わんでよい」

慎重な鬼勘の言葉に、喜八は黙ってうなずいた。

「ところで、巴屋の前身である仁一郎とおかね母子には、何らかのつながりがあるとは思えぬか」

やがて、鬼勘は少し声を落として言い出した。

「それは、どういう……」

「おかねの夫の影が見当たらぬ。母子は射和村で弟の鹿之助と共に暮らしていたようだが、その時、夫はいなかったらしい。ちなみに、おかねと鹿之助の出身は射和村でないそうだ」

情報源は澤屋の江戸店の者たちらしく、それ以上のことは分からないらしい。

「おかねの夫が江戸にいるのかとも思ったが、これまで見張っていた限り、その気配はなかった」

そう言って、鬼勘はじっと喜八の目を見据えてきた。

「つまり、おかねさんのご亭主が仁一郎だと……？」

巴屋仁右衛門は店の主人となった際、仁一郎から仁右衛門と名を改めたという。改名自体はめずらしい話でもないし、巴屋も隠してはいないそうだ。

もし仁一郎がおかねの夫であり、江戸へ出て巴屋の主人となったのなら、おかねが会いに行かないわけがない。

（となると、あの男はやはり成りすましなのか）

そう喜八が内心で呟いた時、まるでその声を聞き取ったかのように、

「まだ決めつけることはできぬ」

と、鬼勘が言った。

「仮に仁一郎とおかねが夫婦でも、すでに縁を切っているということもあるからな」

確かに縁を切っていれば、どこで何をしているか互いに知らなくてもおかしくない。

だが、成りすましである見込みがこれまで以上に高まってきたとも言えるだろう。

「可能であれば、縁切りの件もおかねに訊いてもらえるとありがたい」

鬼勘の言葉に喜八がうなずいた時、弥助が亥の子のいなり餅を運んできた。それを機に、喜八は立ち上がる。鬼勘も気持ちを切り替えたようで、

「ほほう、亥の子餅をいなり寿司のようにするのは初めて見たぞ」

と、興味深そうな目でいなり餅を見つめていた。

「どうぞお召し上がりください。『小鍛冶』と亥の子の日が合わさった木挽町ならではの一品です」

「そうだな。ではいただこう」

鬼勘と配下の侍たちは懐紙《かいし》でいなり餅をつまむと、口へ持っていった。豆や栗入りの餅は噛みごたえがあり、咀嚼すればするほどそれらの味が広がっていくのだが、いなり餅では油揚げに染み込んだ出汁の味がそれに加わる。

「お、油揚げと餅がよく合うではないか」

鬼勘が目を丸くして言う。

「仰《おお》せの通りで」

と、配下の侍たちが追随した。

「これは食べ応えがあるな。それに、この甘辛い油揚げが何とも言えぬ。癖になりそうだぞ」

「まったくです」

そんなことを言い合う鬼勘たちの言葉を聞いていると、驚きの話に緊張していた喜八の心もほぐれていった。亥の子餅はどこの店でも出すだろうが、松次郎の作る亥の子のいり餅はかささぎだけだと思うと、とても誇らしい気持ちになる。

（鬼勘がこれほど喜んでくれるなら、あのお武家の奥方にも喜んでもらえるかもしれない）

奥方にも食べてもらいたいなと、忙しい時には忘れていた人の面影が喜八の脳裡に浮かび上がった。

しかし、その日、いったんの休憩を挟んで、再び暖簾を上げた夕方になっても、日が暮れるまで待っても、奥方が現れることはなかった。

そして、十一月の顔見世芝居に向けて忙しくしている儀左衛門も、とうとう最後まで、かささぎには姿を見せなかった。

# 第二幕　芝居の町の年明け

## 一

十一月、芝居小屋のある木挽町は、町全体が新しく、すがすがしい雰囲気に包まれる。芝居小屋にとって、新たな一年の始まり。

役者は一年ごとに座元と契約を結ぶが、その一年が十一月の興行から始まるのだ。この時、行われる顔見世《かおみせ》芝居で、役者たちは観客にお披露目《ひろめ》される。

山村座の顔見世芝居は、井原西鶴の浮世草子『好色五人女』を使うと決まった。五人の女たちの物語の中から江戸を舞台とした八百屋《やおや》お七《しち》の話を、東儀左衛門が新しく台帳に直したものが演じられる。

その名も『好色五人女――八百屋お七の巻』。

主役であるお七の演者は、喜八の叔父の藤堂鈴之助だ。初日に顔見世芝居を見に行ったおあさとおくめは、帰りがけ、さっそくかささぎに寄ってくれた。

「顔見世はどうだった？」

奥の席へ落ち着いた二人に注文の汁粉《しるこ》を運んだ際、喜八は尋ねてみた。

「ええ。お芝居自体も派手だったし、四代目と鈴之助さんの演技もすばらしかったわ」

おあさは感動の時を振り返るように、しみじみと言い、

「あたし、心が揺さぶられました」

おくめは昂奮《こうふん》した面持《おもも》ちで言う。

おくめはともかく、芝居を見慣れているおあさがここまで素直に褒めるのならば、本当にすばらしい芝居だったのだろう。

「それじゃあ、東先生が巴屋さんに入り浸って、おあささんの不興を買っていたのも、これでご破算《わさん》にしてもらえるね」

軽口めかして言うと、おあさは表情をきりりと引き締めた。

「それはそれ、別のことよ。お父つぁんったら、巴屋さんと萬屋さんの関わりを探るってこと、忘れちゃってるんじゃないかしら」

いまだに、儀左衛門からはその報告がないという。

「仕方ありませんよ、お嬢さん。先生はお芝居のことになると、他のことはすっかりお忘

れになっちゃうんですから」

おくめがとりなすように言った。

「だから、心配してるのよ。これで何の話も仕入れてきてくれなかったら、何のために巴屋さんに入り浸っていたのか」

「いや、それは台帳を書くためだろ。仮に、萬屋さんのことが分からなくても仕方ないさ。それより、芝居はあの有名な八百屋お七の話だったんだよな」

芝居の中身について喜八が尋ねると、おあさとおくめはうっとりした表情に戻った。

実話が元になった八百屋お七の物語は、喜八も知っている。

それは、数年前に起こった天和《てんな》の大火の折のこと。寺へ避難したお七はそこで出会った寺小姓に恋をするのだが、焼けた家が建て直されると、二人は離れ離れになってしまう。苦しい恋に身を焦がしたお七は「もう一度、火事を起こせば彼に逢《あ》える」と思い詰め、火付けを働いた。その結果、捕らわれて、火あぶりの刑に処されてしまうのである。

井原西鶴の『好色五人女』はおおむね世間に出回っている話に基づいているそうだ。ただ、寺小姓の末路については語られない世間話と違い、西鶴の浮世草子ではきちんと書かれている。

「浮世草子では、寺小姓の男は最後、お七の菩提《ぼだい》を弔《とむら》うために出家するのよ」

と、『好色五人女』を読んだおあさが説明した。

「でも、お芝居の最後はぜんぜん違っていたんです」

と、おくめが声を昂《たかぶ》らせる。

「それじゃ、そこは東先生が独自に考えられたんだね」

「お父つぁんの考えなのか、山村座からの注文だったのか、そこは分からないの。でも、世間話や元の浮世草子よりも、心温まるお話になっていたと思うわ。喜八さんも暇があったら、ぜひ弥助さんと一緒に御覧になったらいいわよ」

おあさからはそう勧められたが、やはり興行中は店を閉めておくわけにはいかない。特に、十一月の顔見世芝居は入る客も多いだろうし、芝居茶屋とて稼ぎ時なのだ。

おあさは、喜八が芝居を見る時のため、芝居の最後の成り行きについてくわしく語らない方がいいと考えているらしい。見る機会があるかどうかはともかく、喜八も芝居の中身について訊《き》くのはやめた。

「そういや、鬼勘は見かけたかい?」

芝居小屋には、役人のための桟敷《さじき》が用意されている。鬼勘はいつでも芝居小屋へ行って、そこで芝居の中身を検《あらた》めることができるわけだが、

「今日は来ていなかったわ」

と、おあさは言った。

「まあ、初日に見るとは限らないしな。例の桟敷は空いていたという。

だが、いずれ鬼勘は「好色五人女――八百屋お七の巻」の芝居を見に行くだろう。というのも、実際の八百屋お七と鬼勘は決して無縁ではないからだ。

八百屋お七がその事件を起こした時、鬼勘はちょうど火付人を追捕《ついぶ》するお役目に就いたばかりの頃であった。当時はまだ鬼勘の父直守《なおもり》が存命中で、父は盗賊を追捕するお役目に就いていた。父直守も中山勘解由を名乗っており、その厳しさから「鬼勘解由」と呼ばれていたという。父亡き後、その跡を継いだ勘解由直房は、やはり父親同様の厳しさゆえに江戸っ子たちから恐れられ、二代目「鬼勘解由」の異名をも継いだ。一代目と区別するため、今では縮めて「鬼勘」と呼ばれている。

この二代目鬼勘が恐れられるようになったきっかけが、八百屋お七の処刑であった。

お七が起こした火事自体は、小火《ぼや》といった程度のもので、死傷者はおろか被害も出てはいなかった。火付けが死罪であることは江戸っ子たちも皆、熟知していたが、お七に限っては幼い娘の過ちということで、穏便に済ませてやってもいいのではないか――そんな考えをする者たちもけっこういたらしい。

ところが、結局、お七は鈴ヶ森《すずがもり》の刑場で火あぶりに処された。

――何という血も涙もない、鬼のようなお裁きをする方か。

というようなことを言われ、二代目中山勘解由は「鬼勘」となった。実際に取り調べや裁きを行ったのは、鬼勘ではないのだが、初代鬼勘解由の息子であることや、火付人追捕という役目の恐ろしそうな印象により、そういうことになってしまったのだ。

（もしも、芝居の中でそうしたお役人を非難するせりふがあれば、鬼勘は黙っちゃいないだろう）

だが、おあさの口から特にそれを案じる言葉はなかったので、その心配は要《い》らないのだろうと喜八は考えた。

「それじゃあ、どうぞごゆっくり」

熱々の汁粉ももう舌を火傷《やけど》しないほどになった頃合いと見て、喜八はおあさたちの席を離れた。

それから間もなく「こんにちは」と暖簾《のれん》をくぐってきたのは、丸屋町の岩蔵とおたけ、その母のおさだの三人組であった。

「おや、お三方、おそろいで」

挨拶《あいさつ》すると、三人で「好色五人女」を見てきたのだという。

「いやいや、今年の山村座は気の入れようが違っているね」

と、芝居通の岩蔵はいつになく昂奮気味だ。その目が生き生きしているので、今回の演《だ》し物が相当気に入ったようだ。

「おや、あそこにいるのは東先生のお嬢さんじゃないかね」

岩蔵が目聡《めざと》くおあさを見つけたので、喜八は岩蔵たちをその隣の席へと案内した。

「今日の芝居は、東先生がお書きになったものなんだってね」

「浮世草子が元になっていますけれど」

「ああ。萬屋清兵衛店《だな》の版だね。私も読んだけど、筋は今日の芝居の方がよかった」

などと、おあさと岩蔵の間で会話が交わされ、芝居を見た者たち同士、話が盛り上がり始めている。

岩蔵たちは芝居小屋でおさだが作った弁当を食べたというので、それほど腹が空いていないらしい。

「おさださんに弁当のお礼をしたいんだが、何かお勧めのものはあるかね」

と、岩蔵が訊いてくる。

「そうですね。今は汁粉を頼むお客さんが多いですが……」

喜八が迷っていると、

「せっかくだから、ちょいとつまめるものもあるといいんだがね」

と、岩蔵が言ってくる。

「汁粉に餅をお好みで加えていただくこともできますよ」

「そうだなあ」

岩蔵がおさだとおたけの方を見やりながら呟《つぶや》いた。「あたしたちはそれで」と二人はうなずいているが、岩蔵は何かもう少し凝ったものを二人に食べさせてやりたいようだ。

その時、弥助がさりげなく近付いてきた。

「若、今日は柿が入ってまして」

「お、そうなのか」

しかし、柿をそのまま剝《む》いて出しても、岩蔵はあまり喜ばないだろう。

「松のあにさんが使い道を考えてくれてたんですが、衣揚げがなかなかいけるそうですよ」

松次郎は衣揚げの盛り合わせに、柿を加えて出すつもりのようだが、岩蔵たちには柿の衣揚げだけを試してもらったらどうだろう、と弥助が言った。

「ええっ？　柿を油で揚げるんですか」

おたけは声を上げて驚き、おさだも軽く目を瞠《みは》っている。二人が興味を惹《ひ》かれていることに気づいて、岩蔵は「それを頼む」と即断した。横で話を聞いていたおあさたちも食べてみたいというので、それを受けて松次郎に尋ねてみると、すぐに用意するという返事である。

その柿の衣揚げができるまでの間、岩蔵とおあさたちは芝居についてなかなか熱い口ぶりで語り合っていた。

「それにしても、ずっと不思議に思っていたんですけれど」

話が一段落したところで、おたけがおずおずと切り出した。

「どうして、芝居小屋では一月じゃなくて、十一月が新年の始まりなんですか」

一瞬、皆が口をつぐんだ。調理場を仕切る暖簾の前で、客席に目を配っていた喜八にもその気まずい雰囲気は伝わってきた。

一瞬の沈黙の後、岩蔵がからからと声を上げて笑い出す。

「何だね、おたけちゃん。それを分からずに、顔見世芝居を見に行ったのかね」

「は、はい。誰も話してくれませんでしたし」

母のおさだに少し恨めしげな目を向けつつ、おたけは答えた。

「あら、話したことなかったかしらね」

おさだは首をかしげながら、「当然知っていると思っていた」などと言っている。

「え？　芝居小屋が十一月で始まることに、理由なんてあったんですか」

突然、珍妙な発言をしたのはおくめだ。

「おくめったら何を言い出すのよ。仮にも狂言作者の家で暮らしていながら……」

「だって、十一月が顔見世なのは当たり前のことですよね。理由なんて考えたこともありませんでした」

一年がなぜ春から始まり、夏や秋や冬から始まらないのか、考えたことがないのと同じだと、おくめは言う。

「なるほど。一年が春から始まる理由は、あたしも考えたことありませんでした」

おたけは同じ年頃の少女の発言に、妙な形で感じ入っている。

「それとこれとは違うわよ。顔見世が十一月なのは冬至《とうじ》のある月だからなの。暦を作る時はね、最初に冬至を見極めるところから始めるんですって。だから、昔は冬至の月が一年の始まりだったそうよ。その名残《なごり》で、芝居小屋の始まりは冬至のある十一月なの」

おあさの説明に「さすがは東先生のお嬢さんだ」と岩蔵は感心した様子であった。

「昔、唐土《もろこし》の周《しゅう》では、今の十一月を一年の始まりとする暦を使っていたそうな。今はもう使われておらんが、芝居の世界ではそれを守っておるというわけだな」

おあさと岩蔵の話に、おくめとおたけはしきりにうなずいている。おさだも「昔の暦に従っているとは聞いていましたが、そんなにくわしいことは初めて知りました」と感銘を受けたようであった。

その時、喜八の背中の暖簾が動き、弥助が現れた。盆の上に載っている皿から香ばしいにおいがあふれてくる。

「お、柿の衣揚げだな。早く運んで差し上げてくれ」

喜八が脇へ避《よ》けると、「もう一皿、すぐ揚がりますんでお願いします」と言い、弥助は岩蔵たちの席へと向かった。入れ替わりに喜八が調理場へ入ると、松次郎が衣揚げを皿に盛りつけているところであった。

「こりゃ、いいにおいだ。柿ってこんなに甘い香りがする果物だったっけ」

「揚げると、甘味が増すんでさあ。塩をつけるといけるんで」

味見してみたい気分をこらえ、喜八は急いで揚げ立ての衣揚げをおあさたちの席へと運んだ。

「うわあ、いい香りね」

おあさとおくめは目を輝かせた。隣の席では、「美味《おい》しい！」とおたけが歓声を上げている。

「本当に、柿がこんなに甘いなんて」

おたけは口もとを押さえ、驚いていた。

「衣につけた塩が柿の甘味をいっそう引き立てているんだね」

岩蔵も満足そうだ。

「んー」

おあさの声も耳に飛び込んできた。しばらくは続く言葉もなく、口中に残る美味の名残を堪能しているらしい。

昼の休憩で味見させてもらう時のことを思いつつ、喜八は唾《つば》をごくっと飲み込んだ。

二

おあさや岩蔵たちに好評だった柿の衣揚げは、待ちかねた昼過ぎの休憩時に、喜八と弥助も味見した。

「これは美味《うま》いな」

「はい。衣の表面はさくっとしていますが、中の柿を嚙《か》むごとに口の中に甘味が広がって……。この感じがたまりませんね」

弥助の言う通りなのだ。じゅわっと口に広がる甘味が、柿とは思えないほどで、衣につけた塩とこれまたよく合う。

「こりゃあ、癖になるな」

こうして二人の味見を経たのち、夕方からは衣揚げの盛り合わせに柿も加えられ、他の客たちにも供されることになった。おあさと岩蔵たちを除き、柿だけの衣揚げは出さなかったが、客からはぜひ献立に加えてくれという要望が多い。

そこで、仕入れた柿の量によっては、柿の衣揚げを献立に加える日も設けようということになった。

その翌日。幸い弥助が買い付けた柿がまだ多めにあったので、さっそく、柿の衣揚げを品書きに加える。

「東先生と六之助さんがやって来るかもな」

昨日、おあさとおくめが帰宅したら皆に自慢すると言っていたから、それを聞きつけたあの二人なら、すぐにでも足を運びそうな気がする。

「六之助さんは甘いものがお好きですし、きっとお気に召すでしょう」

などと、弥助と言い合っていたのだが……。

昨日と同様、芝居見物の行き帰りに立ち寄る客の相手をするうち、予想通り、六之助は現れた。だが、その様子は喜八の想像とはまるで正反対。

「若旦那、弥助さん！」

がらっと戸を開けて店へ飛び込むなり、六之助は大声を出したのだ。ちょうど昼過ぎの休憩時だったので、他の客はいなかった。だからこその態度だろうが、それにしても日頃の六之助からは考えられない。

「何があったんです」

喜八は空いている席に座るよう勧め、弥助は手早く湯呑《ゆの》み茶碗の水を渡した。六之助は息を整え、水を一口だけ飲んだ後、

「山村座に今日、中山さまがお見えになられたんですが」

と、まず口走った。

「ああ。中山さまはいつも芝居が変わる度、中身を検《あらた》めるそうですからね」

芝居小屋に関わる者なら、誰でも知っていることだ。ならば、六之助がこうも慌てているのは、その時、予想外のことが起きたからだろう。

「まさか、今月の芝居の中に、お上を誹謗《ひぼう》するようなせりふでもあったのですか」

喜八はふと思いついたことを尋ねてみた。

「とんでもない」

即座に六之助から返事がある。

「いったいどこに目をつけられたものやら、中山さまが先生のお作に物言いをつけてこられたのです」

六之助は困惑混じりの表情で告げた。

「まさか、興行を中止にしろと言われたのですか」

「いえ、そこまではまだ。とりあえず、今日の興行はお許しいただけましたし……。ただ、今日の興行が終わったら、東先生からじっくり話を聞きたいとおっしゃって。成り行き次第では、明日からの興行はどうなるか分からぬと脅されました」

「うーん。そりゃ、あまり穏やかな話じゃねえなあ」

喜八が知る限り、実際に鬼勘が狂言作者や座元を取り調べたり、興行そのものの中止を命じたりしたことはない。だから、芝居の検めも形ばかりのものだろう、鬼勘は実は芝居が好きで、芝居見たさに木挽町へ足を運んでいるのではないか、と思うことさえあった。おあさが舵取《かじと》りをする「役者に会える茶屋をつくる寄合」にも加わり、いつしか仲間とは呼べぬまでも、少なくとも敵ではない――そう考えてしまったことは、やはり迂闊《うかつ》に過ぎたのだろうか。

喜八が内心に浮かび上がる不安の種を自覚した時、

「東先生は何とおっしゃっているんですか」

と、弥助が落ち着いた声で尋ねた。その時、六之助の表情がすっと変わった。

「先生は……ただ分かったとおっしゃいました」

「今の六之助さんのように、慌てておられたわけじゃないんですね」

弥助がさらに問いかけを重ねる。

「……はい。先生はとても落ち着いておられました。その際、中山さまにおっしゃったんです。これが厳しいお取り調べでないのなら、かささぎさんでお話がしたい、と――」

「ええっ、うちで？」

喜八は目を丸くした。

六之助はその話の了解を取るために、急いでかささぎへ飛んできたのだと言う。

「とりあえず、先生のご要望に対して、中山さまは否やはおっしゃいませんでした。あとは、かささぎさん次第なのですが……」

「けど、限りなく取り調べに近いようなことを、うちですると言われてもなあ」

喜八は弥助と目を合わせた。弥助もわけが分からないという表情を浮かべている。喜八は目を六之助に移すと、

「どうも、腑《ふ》に落ちないのですが」

と断ってから、先を続けた。

「東先生は今回の芝居の台帳を書き始めてから、ひと月以上、うちの店にはご無沙汰《ぶさた》だったんですよ。中山さまとの話は今回のお芝居の中身に関するものですよね。それなのに、どうして台帳を書いていた巴屋さんではなく、うちなんでしょう」

「さあ、それは……」

六之助は首をかしげた。

「巴屋さんの料理はいまいちだと、先生はいつもぼやいていらっしゃいましたから、こちらのお料理を恋しがっておられるのは間違いありませんが……」

いくら料理が恋しくとも、取り調べに近い話し合いの場である。料理目当てに指定したりはするまい。だが、そのことについては、六之助も答えを持っていなかった。

「いずれにしても、他のお客さんがいらっしゃるところでは、お二方とも話をしにくいのでは？」

弥助が六之助に向かって言った。

「それはもちろんです。ですので、こちらが暖簾を下ろしてから、中山さまと先生がお話しできるよう場所をお借りできるとよいのですが」

「暖簾を下ろした後でも、俺たちがいますよ。お二方の話を、俺たちが聞くことになってもいいんですか」

弥助が畳みかけるように問いかける。

「それについては、むしろ、その話を皆さんに聞かせるのが、先生のお考えなのではないかと、私は思っていますが……」

「なるほど」

と、弥助は呟き、「どうしますか」と喜八に目を戻して問いかける。

「東先生が鬼勘との話を俺たちに聞かせたいというのなら、断る理由は特にない。暖簾を下ろした後、先生たちと話をするのは習いになってるしな」

喜八の言葉に、六之助はふうっと安堵《あんど》の息を吐き出した。

「では、今日、暖簾を下ろした後、お二人をこちらへお連れしてもよろしいでしょうか」

六之助が改めて問うのに対し、喜八はかまわないと答えた。

「ところで、本当にお上の眉を顰《ひそ》めさせるようなせりふは、なかったのですか。お七を捕らえて取り調べたり、火あぶりにしたりするところで、役人も登場するのでしょう？」

先ほど喜八が訊いたことを、弥助が重ねて六之助に尋ねた。

八百屋お七の芝居では主役がお七なので、お七がしたことの是非はともかく、主役に敵対する役は悪役の立場となる。お七を捕らえる町奉行の役人たちはお七の敵《かたき》にならざるを得ず、芝居の中では悪役めいた描かれ方になっても不思議はないが……。

「確かに役人は登場します」

と、六之助はうなずきながら答えた。

「重要な役どころとしては、お七の裁きを行う町奉行のお旗本ですね。実際には甲斐庄喜右衛門《かいのしょうきえもん》さまというお方なのですが、芝居では片桐喜兵衛《かたぎりきへえ》となっております。ただし、その町奉行、先生のお芝居では喝采《かっさい》を浴びる役柄なんですよ」

「町奉行が喝采……？」

「町奉行はお七の敵ではなく、味方になるからなんです」

これが先生のすごいところだと、六之助は少し胸を張って説明をし始めた。

儀左衛門の書いた「好色五人女――八百屋お七の巻」では、町奉行の片桐喜兵衛は何とかしてお七を助けようとするのだという。火付けをした時の年齢が十五歳以下であれば、幼き者の罪を問わぬという慣例により、死刑だけは免れさせることができる。

お七は火付けをした時、十六歳になったばかりであったが、片桐は「おぬしは十五歳だな」と問うた。つまり、それにうなずけば、お七は処刑を免れられるという緊迫の場面。

「ところが、お七は自らの罪を認め、『いいえ、私の齢《よわい》は十六で間違いございません』ときっぱりと首を横に振る。町奉行の片桐は『ああ』と深く大きな溜息《ためいき》を漏らした後、『お七を連れていけ』と配下の者に申し渡して……」

六之助は情感たっぷりに、「お白洲《しらす》の段」の一部を説き聞かせてくれた。

「こうしてお七は法に従い、火あぶりに処せられることになりました。磔《はりつけ》にされたお七の足もとには、枯れ枝が山と積み上げられております。それに火が点《つ》けられますと、煙がもうもうと立ち上り、お七は苦しみ始め……。やがて、見物人たちの目は煙で覆われ、お七の姿も見えなくなった頃――。何と、片桐は折しも吹き付けてきた強風と煙に乗じて、配下の者にお七を救い出させるのでした。お七は無事、恋人の吉三郎《きちさぶろう》と再会を果たし、江戸を離れて仕合せに……。とまあ、こういう筋書きでございます。この話のどこに、お上を誹謗するようなせりふがございましょうや」

むしろ、お上の評判を上げるような筋書きではないかと、六之助は言う。

（なるほど、この結末が東先生独自の作り事というわけか）

それならば、観客たちは町奉行の片桐を喝采したくなるかもしれないが……。

その時、七つ（午後四時頃）を告げる鐘の音が聞こえてきた。かささぎが再び暖簾を掲げる時刻である。

「あ、それでは私は芝居小屋へ戻って、今のことを先生たちにお伝えいたします。日が暮れてからまたお邪魔いたしますので」

六之助は残っていた茶碗の水を飲み干すと、慌ただしく立ち上がって戻っていった。

「今日は長くなりそうだな」

どんな話し合いになるのかは見当もつかないが、長くなるのは間違いないだろう。

喜八の言葉に、弥助は「そうですね」と静かに返すと、暖簾を掲げに外へ出ていった。

三

鬼勘と儀左衛門が話し合いをすることになったその日、喜八は弥助と相談して、ふだんより心持ち早め——六つ半（午後七時頃）より前には暖簾を下ろすことにした。

残っていた客がすべて出ていった時には六つ半を少し過ぎていたが、その客たちと入れ替わるように、鬼勘と配下の侍二人に儀左衛門、六之助、それにおあさとおくめも加えた総勢七人がそろって現れた。

鬼勘はいつもより気難しげな表情であったが、儀左衛門はいつもと同じく平然としている。六之助とおあさ、おくめの顔にはそれぞれ不安が滲《にじ》み出ていた。

話をする前に、ひとまず軽く腹を満たせるものを——と、握り飯、いなり寿司、玉子焼き、冬菜の胡麻和《ごまあ》えなど、冷めても美味しく食べられるものを大皿に盛って出してある。

鬼勘と儀左衛門が向かい合って座り、あとの人々は隣り合う席にばらばらと散った。おあさとおくめ、六之助が同じ席に、鬼勘の配下たちは別の席だ。

　喜八と弥助によって全員に熱い麦湯が振る舞われると、いよいよ話し合いとなった。

「ああ、若旦那と弥助はん、それに松次郎はんもこっちで話を聞いたらええ」

　儀左衛門がいつもの調子で言う。鬼勘が無言のままだったので、弥助が調理場にいる松次郎を呼びに行った。

「ところで、ここに出ている料理は食べさせてもろてええのやろか」

　続けて、儀左衛門が喜八に尋ねる。

「はい。お話し合いの障《さわ》りにならぬよう、食べやすいものを用意しましたので」

「それは、ありがたいことや。中山さまもそう思いますやろ」

　と、むっつりと黙り込んでいる鬼勘に、儀左衛門は訊いた。鬼勘は儀左衛門には答えず、

「かささぎには迷惑をかけてすまぬと思うている」

　と、喜八に言った。

「なぜかは知らぬが、東儀左衛門がここでと申すのでな」

　鬼勘はあくまでも淡々と語る。確か、以前は「東先生」と呼んでいたはずだから、今は取り調べが必要な相手ということで、けじめをつけているようだ。

　やがて、弥助が松次郎を連れて戻ってきたので、喜八は二人と共に空いている席に座った。これにより、鬼勘と儀左衛門が座る席を、おあさたち、鬼勘の配下たち、喜八たちが

三方から囲む形となる。

「ほな、中山さま。お話を始めていただいてよろしおす」

儀左衛門は手にしていた麦湯の茶碗を置いて言った。

鬼勘は底光りする目を儀左衛門にじっと向け、おもむろに口を開く。

「『好色五人女――八百屋お七の巻』を見た。あれは何だ」

のっけから、舌鋒《ぜっぽう》に鋭さが感じられる。

「何だ、と申されましてもな。顔見世芝居にふさわしい出来栄えと、あてらは思うとります。中山さまはお気に召さぬご様子とお見受けしますが、どこが気に入らんのですやろ」

返す儀左衛門は落ち着き払っていた。心なしか、真っ向から鬼勘に挑もうという覚悟すらうかがえる。

「私の気に入る入らぬはどうでもいい。おぬしの書いた芝居が江戸の平穏を脅かすか否かが問われておる」

「はて。あの芝居のどこが、江戸の平穏を脅かすのでっしゃろか」

とぼけた調子で応じる儀左衛門に、鬼勘の眉が片方だけ吊《つ》り上がる。自らを落ち着かせようとするのか、一つ空咳《からぜき》をした後、改めて口を開いた。

「まず、演目の名だ。好色と付く芝居を演じるのはいかがなものか」

「せやけど、その名を付けたんはあてやのうて、『好色五人女』を書いた井原西鶴はんや。

まあ、版元が付けたのかもしれんけど。あては西鶴はんと版元に気をつこうて、そのまま使わせてもろただけや」

文句があるなら、西鶴かその版元に言ってくれと、言わんばかりの言い草である。そもそも「好色」と付けた演目の名が悪いというなら、その原作である本の名も悪いということになり、ならば『好色五人女』が出版された時、ただちに処罰されていなければならない。しかし、今に至るまで西鶴や版元が処罰された事実はなく、西鶴は他にも『好色一代男』『好色一代女』などを書いている。それを処罰せず、芝居だけを処罰するのはいただけない、と言われたら、鬼勘も言葉の返しようがないだろう。

鬼勘は儀左衛門の返答に対しては何も言わず、話を先に進めた。

「また、話の筋書きにも難がある。八百屋お七は火付けをした大罪人ではないか。しかも、法によって正しく裁かれ、罰を受けた。誰でも知っている話だ。にもかかわらず、お上がお七をこっそり助けたなどという出鱈目《でたらめ》を芝居にするとは見過ごせるものではない」

鬼勘はきっぱりと言い切った。鬼勘の配下の侍たちがその通りだと雄弁にうなずいている。

しかし、ここでも儀左衛門はまったく動じなかった。

「中山さま。今年の顔見世芝居はまだ昨日と今日の二日だけどすが、これまでにない好評なんどす。客の入りもええ。その理由は役者の頑張りもありますけど、何より八百屋お七という娘に対する世間の哀れみ――これに寄り添った筋書きによるところが大きいのやと、あては思うとります」

「八百屋お七への哀れみだと――」

「そうどす。お七は確かに火付けの罪を犯しましたが、それが小火で済んだことは皆も知ってます。だったら、何も杓子定規《しゃくしじょうぎ》に死罪にせんでもよかろうと、世間は思うとったんどす。そのお七を哀れむ気持ちを汲《く》み取ったんが、西鶴はんや。けど、西鶴はんの書いたものでは、お七はやっぱり死んでしまう。あてはそれが悲しかった。世間も同じように悲しんでると思うた。芝居は所詮《しょせん》作り事、せやさかい、実はお七は助けられ、生きているという夢を皆に見せたのや。芝居は所詮作り事、夢を見せて何が悪いのでっしゃろ」

「お七を助けたのは、芝居の中では町奉行の片桐ということになっていた。あれは、亡き甲斐庄喜右衛門殿のことであろう。芝居を見た者は誰もが喜右衛門殿を思い浮かべたはずだ。あたかも、喜右衛門殿がお上の法に逆らい、罪人を助けたなどという出鱈目が本当にあったかのように……」

「お待ちください！」

その時、声を放ったのは六之助だった。師匠を何としても救わねばという使命感を漂わせている。

「現実《うつつ》とお芝居は別物で、それが分からぬ観客などおりませんよ。あれを見て甲斐庄さまを思い浮かべた人はいるにしても、甲斐庄さまが八百屋お七を本当に助けたなどと思う人はおりません」

「さようなことは分かるまい」

鬼勘は六之助を冷たく見据えて言った。

「観客の誰もが道理をわきまえた者とは限らぬのだ。中には子供が見ることとてあろう。生前のお七や甲斐庄喜右衛門殿と関わりのあった者が見ることとてあろう。その時、芝居と現実は別物だと冷静に考えられるとは言い切れぬ」

「それでも、この芝居に限っては差し支えないと、あては踏んどります」

再び儀左衛門が口を開いた。

「お七も喜右衛門さまも亡《の》うなった今、真実はもはや突き止められまへん。仮に芝居を見て、お七は生きてるのやないかと思う人がおっても、本気で探す人はおへんやろ。あの芝居を見たお客はんが、『もしかしたらお奉行さまの優しさで生かされた幼い少女が、今もどこかで生きているかもしれん』『もしそうならええなあ』くらいに思うてくれたら、あては台帳を書いた甲斐《かい》があったし、役者は演じた甲斐があったと言うものや。芝居とはそれだけのもんどす」

「…………」

「芝居には、甲斐庄喜右衛門さまが法を破ったのやないかと、疑わせる力はありまへん。

逆に、喜右衛門さまはことのほか庶民思いのお優しい方やったんやと、思わせることもできまへん。芝居とはそういうもんなんどす、中山さま」

儀左衛門が改めて鬼勘に呼びかけ、正面からその顔をじっと見据えた。鬼勘は口を開かず、儀左衛門の眼差《まなざ》しを受け止めている。

ほんの少しの間、二人は無言で対峙《たいじ》していた。

そして、その緊張を先に破ったのは、儀左衛門であった。

「お尋ねが終わりどしたら、次はあての話を聞いていただきたいのどすが、よろしおすか」

鬼勘の返事はない。儀左衛門はそれを待つことなく、語り始めた。

「話とは、何であてが西鶴はんの筋書き通りにせず、お七の命を助けるという筋書きにしたのかということどす」

「それは先ほど申していたではないか。お七は生きているという夢を観客に見せたかったのであろう」

鬼勘が生真面目《きまじめ》に答える。

「その通りどす」

儀左衛門も素直に認めた。

「せやけど、もう一つ理由があるんどす。もちろん、あの話は作り事で、あての頭の中で考え出したものにすぎまへん。せやけど、もしかしたら現実でもああいうことがあったかもしれんと思えるだけの根拠はあったんどす」

「何だと」

鬼勘の表情がたちまち変わった。

「おぬしは、八百屋お七が生きていると申したいのか」

「そう怖い顔をされると話がしづらくなります。何度も言うように、あの芝居は作り事。あれが現実やと言う気持ちは欠片《かけら》もおへんさかい、そこはは き違えんようお聞きください」

鬼勘は渋い表情になり、威圧するように儀左衛門を睨《にら》み据えた。

「八百屋お七の処刑があった後、あては事件を少し調べたんどす。芝居にしたら成功しそうな話やと、勘も働きましたさかい。その頃、弟子入りしたばかりの六之助にも調べさせました。せやったな」

「はい。先生のおっしゃる通りです」

六之助がすぐに応じた。

「その際、噂《うわさ》の一つにすぎまへんが、こないな話がありました。お七を取り調べたお役人がお七に齢を訊いたというんどす。齢なんぞ、お役人が調べればすぐに分かる話。それをどうしてわざわざ本人に尋ねたのか、引っかかりました。それからしばらくして答えを思いつきました。お七の齢を書き換えることで、死罪を免じてやろうというお優しいお心配りやったんやないかと」

「それが、この度の芝居の筋書きになったというわけだな」

「へえ。町奉行の片桐がお七に齢を尋ねるくだりは、そうして生まれたんどす。片桐のお七を助けたいという思いを、観客により分かりやすうするため、磔になったお七を助ける筋書きにしました。ま、所詮は芝居を盛り上げるための味付けどすが……。それはともかく」

儀左衛門はいったん口を閉ざし、じっと鬼勘の顔を見つめた。鬼勘の目に訝《いぶか》しげな色が宿る。

「ほんまはどないやったんですやろ」

その時、問う側と問われる側が逆転した。

「何が言いたい」

「これは、狂言作者としての単純な興味どす。芝居は芝居、作り事は作り事として、ほんまはどないやったのか、気になるやおへんか」

「真実など決まっておる。お七は火付けにより鈴ヶ森で死罪に処された。皆が知っていることではないか」

「ほな、なんで甲斐庄さまがお七に齢を尋ねたという噂があったんですやろ」

「あったとしても信じるに価するものではあるまい。それこそ、そうであってほしいと思う誰かが勝手に流したものなのではないか」

「そうかもしれまへん。けど、ほんまやったら――と、狂言作者の性《さが》で考えてしまうんですわ。そして、勝手に想像させてもらいました。もし甲斐庄さまがほんまにお七を助けたいと思わはって、それをお裁きの場で口になさったんなら、火付人を追捕するお役目の中山さまも、同じ気持ちでいらっしゃったんやないかと――」

ばん――と、木の卓を叩《たた》きつける音がした。

鬼勘が掌《てのひら》で卓を叩いたのだ。

「勝手な言い分もたいがいにしてもらおうか」

鬼勘は低い声で言った。儀左衛門は黙って目を伏せる。

「いくら作り事をこしらえて飯の種にしている狂言作者といえどもな」

「へえ。余計なことを申しました」

儀左衛門もこの時ばかりは不遜《ふそん》な態度は見せず、素直に鬼勘の言葉に従った。

「おぬしの考えは分かった。興行のことに関しては山村座に申し伝える」

鬼勘はそう言い置くなり、話は終わったとばかりに立ち上がる。ついに最後まで料理にも麦湯にも口をつけなかった。

続けて、鬼勘の配下の侍たちも立ち上がる。

「中山さま」

儀左衛門は座ったまま顔を上げ、鬼勘を見上げた。

「最後にもう一つだけ」

口では謝っていても、実はまったく凝りていなかったと分かる一言に、鬼勘が眉を顰《ひそ》めた。それでも、言ってみるがよいというふうに顎《あご》をしゃくってみせる。

「興行を禁じたら、世間の人はこう考えますやろなあ。お上は、お七を助けた事実を隠すため、相当焦ってるようや、と――」

儀左衛門はのんびりした口ぶりで言い、鬼勘の反応をうかがっている。鬼勘は不機嫌な表情のまま、ふんっと鼻を鳴らし、何も言わずに背を向けた。

鬼勘と配下の侍たちが店を出ていった後もなお、しばらくの間、口を開く者はなかった。

## 四

「いやはや、初日の翌日から、こないな大波が来るとは思わんかったなあ」

沈黙を最初に破ったのは、儀左衛門であった。その声の調子はいつも通りである。

「……まったくです。お疲れさまでした、先生」

いつもならすかさず同意する六之助も、この時は反応がわずかに遅れた。

「ほんまや。あないに睨みつけられたら、料理に箸《はし》をつけることもできんかった。あー、腹も空いた。これは食べてもええんやったな」

平然としている儀左衛門に「あ、ああ。どうぞ」と毒気を抜かれた気分で、喜八は応じる。

「まったく、お父つぁんったら」

おあさが、安堵と苛立《いらだ》ちの入り混じったような眼差しを儀左衛門に向けた。

「よくもまあ、そんなにのんきにしていられるわね。あの中山さまに、初めからずっと突っかかるような言い方して」

「あては世間さまに恥じることは何もしてへんさかいな。言いたいことを言うたまでや」

儀左衛門はうそぶいた。

「でも、最後の一言なんて、まるで脅しじゃない？　下手したら、お縄になっていたかもしれないのよ」

「ほな、お前は八百屋お七を見て、あてや役者たちがつかまらなあかん芝居やったと思うんか」

儀左衛門が静かな眼差しをおあさに向けて問う。おあさは我に返ったような表情を見せた。

「……そうは思わないけれど」

「ほな、堂々としてりゃええのや。仮にあてがつかまったかて、お前や六之助らがうつむくことはない。そん時はお上が間違うたのや。そないなこともあると覚悟しとかなあかん」

儀左衛門の飄々《ひょうひょう》とした物言いは変わらないが、その言葉には聞き流すことのできない重々しさが加わっていた。

「東先生は……」

喜八は思わず口を開いていた。

「いつも覚悟されているんですね」

「せや」

当たり前のように儀左衛門はうなずいた。

「そないな覚悟もなく、狂言作者はやってられへん。六之助、あんたもわきまえとき」

儀左衛門の眼差しが六之助に向けられる。六之助は不意に居住まいを正し、「はい」と返事をした。

「役者かて同じじゃ。その身内かておのずから覚悟が求められる。おあさも若旦那もな」

喜八の脳裡《のうり》に、叔父藤堂鈴之助の姿が浮かんだ。

（自分が間違ったことをしていなくとも、お上の間違いで捕らわれることがある。それでも、その覚悟で台帳を書き、役を演じてるっていうのか）

正直、ふだんの儀左衛門や鈴之助にそこまでの覚悟を感じたことはなかったので、喜八は驚いた。

「ま、言葉で何かを伝える仕事ってのは、そないなもんや。誤解されるのも仕方ない」

不意に、儀左衛門の声から緊張が抜けた。いつもの軽みのある物言いに戻っている。

「せやけど、自分なりに覚悟して、自分の言いたいことを言えるあてらはまだええ」

「どういうことですか。覚悟があっても、言いたいことを言えない人がいるとでも？」

喜八の問いに、儀左衛門はおもむろにうなずいた。

「今、帰ってった方々や」

儀左衛門の声に何やら悲哀が漂ったように感じたのは、気のせいなのだろうか。

「中山さまのことですか。言いたいことがあっても言えない？」

いや、むしろ何でも思ったことをそのまま口にしているように見えるが……。儀左衛門の言わんとしていることが、喜八には分かりにくい。

どういうことか聞かせてもらいたいと、気持ちが前のめりになった時、

「ま、それを話すと長うなる」

と言って、儀左衛門は箸を手にした。

「こないに用意してもろた料理を前にお預けを食らわされるんも、忍びない。どうか、食べながらということにしてくれへんか」

「あ、そうですね」

言われれば、喜八も腹が空いていた。

「あったかいものをお持ちしましょう。味噌汁《みそしる》がありますんで」

松次郎と弥助が席を立つ。喜八も手伝いに調理場へ向かった。

松次郎が火種から火を熾《おこ》し、味噌汁を温めている間に、弥助が白菜や大根の漬物を切っていく。喜八は新しい麦湯を皆に運んだ。

儀左衛門ら四人は一緒の席に座って、握り飯やいなり寿司などをつまんでおり、先ほどまでの緊張感はだいぶ和らいでいるようであった。

やがて、用意の調《ととの》った味噌汁や漬物が持ち運ばれ、喜八たち三人が隣の席に着くと、

「ほな、先ほどの続きや」

と、儀左衛門が口を開いた。食べながら聞いてくれればええと言われ、皆はそれぞれに握り飯などを手に話を聞く。

「あてが今回の台帳書きを受けたのは、中山さまを鬼と呼ぶ世間の思い込みを少しでも変えてやろ、という狙いからや」

（鬼勘への世間の思い込み……？）

喜八は口をもぐもぐと動かしつつ、心の中で訊き返す。鬼勘は「鬼」と言われているが、鬼のように厳しく非情なのは事実であって、間違った思い込みなどではない。それを変え

ようとは、どういうことなのだろう。

「中山さまのお父上も厳しい方やったからな、鬼勘解由とあだ名されてはった」

そのことは喜八も知っている。もしや鬼勘への思い込みは、同じように「鬼」と呼ばれた父親を重ねたための誤解だと、儀左衛門は言いたいのだろうか。

（親父さんの影ってやつか）

喜八の中に、温かなものとざわざわするものが同時に芽生えた。父親の為《な》したことに強い影響を受けるという点では、鬼勘と喜八は似通っているのかもしれない。

鬼勘父子と自分たち父子では、生きる場所がかけ離れていると思えるのに、それは不思議な感覚であった。

喜八が己と鬼勘の父親たちに思いを馳《は》せているうちにも、儀左衛門の話は続いている。

喜八は話に集中した。

「中山さまが鬼と呼ばれるのは、まあ、お父上からの譲りでもあるんやけど、その名がはっきりと根付いたのは八百屋お七を捕らえて、処刑にした後のことや」

「つまり、お父つぁんは中山さまに因縁のある事件を、あえて今度のお芝居に使ったというわけね。中山さまの悪評を変えるという目論見《もくろみ》のために――」

おあさが頭の中を整理するような様子で言い、儀左衛門はうなずいた。

「せやな。中山さまがああして食いついたのも、ご自分が関わる事件やったからや」

確かに、今日の鬼勘はいつもより冷静さを欠いているように見えたと、喜八は思いめぐらす。

「八百屋お七の事件があったのは、もう十一年も前のことや。その当時は、お七が起こした火事より、その前年の大火事の方が大ごとやったさかい、それほど大きく騒がれたわけやあらへん。あてが事件を知ったのも、お七の刑が終わってやや経《た》ってからのことや。けど、話を聞いて興味を持った。それで巷間《こうかん》に伝わる話を拾い集めてみたのや。もちろん、虚実取り混ぜていろんな話があった。いや、ほとんどが作り話やったんやろな。誰もが自分の思いたいように、お七という娘はんの像をこしらえとる気がした。せやけど、それが大事なんや。人々にこうあってほしいと思わせる何か――それがお七という娘はんの物語にはあった。もちろん、これは現実のお七はんのことやのうて、人々の心の中に生き残ったお七のことや。そないな中に、町奉行がお七に齢を尋ねたのは、実はお七を救ってやろうとの気持ちからや、という話があった」

「先ほど中山さまに話していたことですね」

それが実話だったのではないか、そして鬼勘自身が甲斐庄喜右衛門と同様に、お七を助けたいと思っていたのではないかと、儀左衛門が指摘した時、鬼勘は卓をばんと叩いたのだった。あれは、儀左衛門への威嚇《いかく》のように思えたが、もしかしたら、鬼勘が己の感情を制御できなくなり、表にぶちまけたということだったのか。そうだとしたら、日頃、感情をあらわにすることのない鬼勘の、めったに見られぬ姿を見たことになる。

「若旦那はどない思うた？」

不意に、儀左衛門の問いかけが喜八に飛んできた。

「何のことですか」

わけが分からず訊き返すと、

「あては、町奉行も中山さまもほんまはお七を救いたかったんやないか、と思うとる。思い込みにすぎんけど、それがあての考えや。若旦那はどないや」

と、儀左衛門は分かりやすく言い直した。

「俺は……」

考えてみたこともない。それに、鬼勘が白状しない限り、真相は決して分からない。いや、鬼勘は儀左衛門の言葉を否定していた。お七は法に従って処刑されたのであり、それをよしとする、というのが鬼勘の考えのようだった。だが、それにしては、今日の鬼勘はむきになりすぎていた――。

（そういうことか）

鬼勘たちは言いたいことを言えない――先ほど儀左衛門が哀れむように口にしていた言葉が思い出された。法を人々に守らせる立場の鬼勘たちは、決してそれを破ったり捻《ね》じ曲げたりすることができない。人情としては、そうしたいと思っていたとしてもだ。

「弥助はんはどないに思う？　松次郎はんは？」

喜八が返事をするのを待たず、儀左衛門の眼差しは、喜八から弥助、弥助から松次郎へと移っていった。

「先ほど東先生は、世間の思い込みとおっしゃいましたが、正しくは、俺たちの思い込みを変えたかったということですね」

弥助は儀左衛門の問いに対して、そう言葉を返した。

「はて、どないですやろ」

儀左衛門はとぼけている。

「いや、さすがに分かりますよ。鬼勘といざこざのあった松のあにさんまで同席させたんですから」

そうですよね——というように弥助から目を向けられ、喜八は「お、おう」とひと呼吸遅れてうなずいた。松次郎はかつて、息子の乙松《おとまつ》と共に盗みの下手人と疑われ、鬼勘から厳しい追跡をかけられたことがある。

「まあ、あんたらが中山さまをどない思うとるか、聞きたいわけやおへん」

と、儀左衛門はさっぱりした口調で言った。

「どないに思うても、今日の話が心に残ったならそれでええのや」

儀左衛門はふと遠くを見るような目つきになって続けた。

「人々が語るお七の話を聞いた時、あてはこう思うた。皆、お七に助かってほしかったんやろなと。その悲しくやるせない思いが、人々を突き動かしてるんやろなと。あても突き動かされた一人や。あてはお七が救われた話を書きたかったのや。そんで、それを役者たちに演じてもらいたかった」

儀左衛門はいったん口を閉じ、再び目を喜八たちの方へ戻した。

「中山さまの本心を暴こうとするような真似《まね》、しましたけどな。本当に暴きたいわけやおへん。せやさかい、中山さまがこれで収めてくれはったら、この話は終わりや」

喜八も弥助も松次郎も口をつぐんでいた。

頭ごなしに儀左衛門の言葉を否定する気持ちはない。そうかもしれないと思えるだけのものが、もうすぐ一年になろうという鬼勘との付き合いの中で培われていたのは事実だ。

きっと、弥助と松次郎も同じだろう。

こうして、儀左衛門の話が一段落したところで、

「ところで、お父つぁん」

と、おあさが話を変えた。

「巴屋さんと萬屋清兵衛さんのつながりを調べるって話はどうなったの？」

「せやせや。巴屋の旦那があの店の主人となる前からの付き合いらしい。買い取った時の金も、どうやら萬屋の旦那から出てるらしいのやけど、それ以上は分からへんかった」

儀左衛門は少し肩を落として言う。

「金を出しているのなら、巴屋の土地と店の持ち主は萬屋さんになるんでしょうか」

弥助が考え込むような表情で尋ねた。

「はて、金を貸しただけかもしれん。さすがにそこまでは分からんかった」

「いずれにしても、それだけの金を巴屋さんのために用意するとは、よほどの深い関わりなんでしょうね」

「せやな。けど、肝心のそこが分からんのや。巴屋の奉公人たちも知らへんようやったし」

「私も先生のお手伝いに巴屋へ上がった際、それとなく探ってみましたが、あの店の奉公人たちから聞き出すことはできませんでした」

六之助が儀左衛門を庇《かば》うように言う。

「他に何か、巴屋さんの様子で気になることはありませんでしたか」

喜八が問うと、「せやなあ」と考え込んでいた儀左衛門はややあってから、

「三十代くらいのえらい別嬪《べっぴん》はんがよう出入りしてはって、旦那が気をつこうてるようやったわ」

と、思い出した様子で告げた。

「その人って……町方の人ですか。それとも、お武家の……？」

喜八は真剣な眼差しで尋ねた。おあさをはじめ、皆が意外そうな目を喜八に向けてくる。

だが、表情を取り繕うこともできなかった。

「ああ、お武家の奥方やな。いつも女中を連れてはった」

（あの人だ――）

胸がどくんと跳ね上がった。もともと巴屋に出入りすることは知っていたのだから、驚くことではない。

だが、菊の節句の晩以来、かささぎには一度も立ち寄らない奥方が、巴屋には足を運んでいたという事実に、喜八は少し胸が痛んだ。

五

翌日以降も、山村座の芝居「好色五人女――八百屋お七の巻」が興行の中止を命じられることはなく、芝居小屋は大勢の客を集め続けている。

その結果、狂言作者の儀左衛門も忙しい毎日が続いていた。興行中はさまざまなしがらみから巴屋へ出入りせねばならぬとかで、かささぎへ足を運ぶのも難しいらしい。その間もできるだけ巴屋と萬屋とのつながりを探ってみるとは言っていたが、厳しそうだと喜八は思っていた。

鬼勘はあれ以来、かささぎへやって来ない。忙しい身であるのはもとより、きまり悪さもあって、余計に足が遠のいているのだろうか。

だが、巴屋と萬屋のつながりについては鬼勘にも話しておきたい。鬼勘ならば役目柄、両名の関わりを調べられるのではないかと思うが……。

そうこうするうち、日は過ぎていき、十一月も七日を迎えた。

しばらくぶりに、おかねと伊一郎の母子《おやこ》が店へやって来たのは、この日の昼少し前のことである。

「これは、おかねさんに伊一郎さん。ようこそお越しくださいました」

喜八が挨拶し、席へ案内すると、

「覚えていてくださったんですか。たった一度きりしかお邪魔していないのに」

おかねは顔を綻《ほころ》ばせた。

「大事なお客さんを忘れはしませんよ。確か、人探しのため江戸にご滞在でしたよね」

「ええ。そうなんです……」

と、おかねは努めて平静に応じていたが、その声はいくらか沈んでいる。

「今日は息抜きに、芝居見物に来たんだろ」

伊一郎が叱《しか》るような調子で言った。十五歳前後だろうが、しっかりしている。苦労の多い母親を支えているということが傍目《はため》にも分かった。

鬼勘から頼まれた事情もあり、鹿之助の話をしたいところであったが、深刻な話を持ちかけるのはまだ早いだろう。

「では、今日は『好色五人女――八百屋お七の巻』を見にいらしたんですね」

芝居の話をすると、おかねは表情を明るくした。

「ええ。何でも、かなり評判だそうで」

「御覧になったお客さんは皆、面白いとおっしゃっていますよ」

「それじゃあ、楽しみだわ」

おかねは口角を少し上げて微笑《ほほえ》み、それから注文の品をどうするか、となった。

「前に鍋物をいただいた時は本当に美味しくて」

もう一度食べたいと思っていたそうだが、いざ壁に貼られた品書きを見ると、目移りして迷ってしまうとおかねは言う。

「同じ鍋物でも、前とは違った味わいの、白菜となめこのみぞれ鍋などいかがでしょう」

九月の頃とは違い、大根や白菜が美味しい季節になった。すりおろした大根をたっぷり使った鍋物は、半分透き通った汁がみぞれのようで美しい。白菜となめこのみぞれ鍋は他のものを一切入れない簡素なものだが、熱々のところを酢醤油《すじょうゆ》で食べるのは冬の楽しみの一つである。

喜八の話を聞いたおかねはすっかり心を動かされ、みぞれ鍋を頼み、伊一郎は前に食べた団子が入っているものの方がいいと言って、定番の鍋物と味噌田楽《でんがく》を頼んだ。それに二人分の白飯を加えて注文を受けると、喜八は松次郎に伝えに行き、湯気の立つ麦湯を持って二人のもとへ戻った。

料理を食べた後は客も多くなる時刻で、ゆっくり話すこともできそうにない。麦湯を供したついでに、喜八は鹿之助の探索について尋ねてみた。案の定、うまくいっていないという返事である。

「澤屋の取り引き先へ顔を出す用向きはすべて果たしていました。でも、用が済んだ後もしばらく、弟は江戸に残っていたそうなんです」

取りあえず、おかねと伊一郎は鹿之助が出向いた取り引き先へ足を運び、その時の様子を尋ねて回った。だが、鹿之助に変わったところは特になく、取り引きにも支障などはなかったという。気になるのは、澤屋の人が鹿之助への言伝《ことづて》を預かっていたことであった。

「何でも、江戸のお役人が鹿之助に会いたいと言ってこられたとか。澤屋を通して時と場所を指定され、鹿之助は行ってみると話していたそうです。とある茶屋で会わせたい人がいる、というような言伝だと聞きました」

それこそ、鬼勘が鹿之助と会う約束をしていた七月七日の話だろう。

「鹿之助さんはそこへ行かれたんでしょうか」

答えはおおよそ予想ができたが、念のため喜八は尋ねた。

「分からないんです。その当日――今年の七夕のことなのですが、それ以前に弟は消息を絶っておりますので」

おかねは溜息を漏らした。

七月七日まで滞在を延ばした鹿之助に、澤屋では江戸店での宿泊を勧め、鹿之助もそれに応じたという。それなのに、鹿之助は七月三日に店を出たきり戻ってこなかった。七日までは江戸にいると言っていたのにどうしたのかと、澤屋でも首をかしげていたが、もともと仕事が終わり次第帰ることになっていたので、あまり気にかけなかったそうだ。

かくして、鹿之助は伊勢へ帰ったと思い込んでいる澤屋の江戸店と、伊勢の射和村で帰りを待つおかねとの間で問い合わせが行われるまでひと月近く、鹿之助の失踪は発覚しなかった。だから、七月三日に澤屋の江戸店を出た鹿之助が、その後も江戸に留まって、七日に件《くだん》の役人と会ったのか、三日を境に失踪《しっそう》したのか、分からないままだそうだ。

「お役人の名前などは分からないのですか」

「取り次いだのは澤屋の方で、顔を見れば分かるとおっしゃっていますが、お名乗りにはならなかったとか。その後、澤屋に来られることもなかったそうで」

それは、おそらく鬼勘の配下の者だが、ここで打ち明けるわけにはいかない。

「叔父さんが行方知れずになったのは、その役人がらみに決まってるよ。他に怪しい話なんて、何も出てこなかったんだからさ」

伊一郎が明快な口ぶりで言った。おかねはそっと溜息を漏らす。

「けれども、そのお役人を探すことなんて、あたしたちには無理でしょう?」

おかねは喜八に同意を求めた。

「お役人の側から、また澤屋に来てくれることを願うしかないんですが、それもあまり見込みがなくて」

「だから、茶屋を当たろうって言ってるんじゃないか」

伊一郎が唇を尖《とが》らせて母親に言う。

「茶屋を――?」

喜八は話に割って入った。

「お役人が言ってた『茶屋で人に会わせたい』という話が胆《きも》だと思うんです」

伊一郎が喜八に目を向けて言う。おかねのように不安がっておらず、むしろ困難に向かっていこうという意気込みを感じさせる眼差しであった。

「誰に会わせたかったかは謎だけど、その茶屋で会う手はずになっていたのは、相手がいつも茶屋にいる人物だからですよ。茶屋の主人とか、そこで働いている人とか、さもなくば毎日のように茶屋に足を運ぶ客とか」

「へえ。伊一郎さんは頭がいいんだな」

喜八は立て続けにしゃべる伊一郎に思わず目を瞠った。

「そんなんじゃないけど……」

と、少し恥ずかしそうに目を伏せるところには、少年らしさが残っている。

「だけど、茶屋の名前どころか、どこにあるかも分からないのに」

おかねはその途方もなさに溜息を吐《つ》いた。

「お役人を探すよりもましだよ。取りあえず、叔父さんが役人と会う約束をしていた太刀売稲荷の近くから当たっていけばいい」

伊一郎が的を射た言葉を返した。

「太刀売稲荷なら、ここから遠くないですよ」

「はい。だから、まずは木挽町の茶屋から当たるつもりです。今日は芝居見物がてらですけど、これからかささぎさんも含めて、この辺りの茶屋をしらみつぶしに、お役人が叔父さんに会わせたかった人を探していきます」

伊一郎はやる気に満ちている。そんな息子を困ったふうに見やりながら、

「無茶なことを言っているとお思いでしょう?」

と、おかねは喜八に尋ねた。

「そんなことはありません。むしろ、伊一郎さんの目の付け所に感心していました」

「実はね、茶屋っていう話には……あたしも気になることがあるんです」

そう言って、おかねは少し声を落とした。

「どういうことですか」

喜八もおかねに合わせて少し声を小さくする。

「あたしの夫が昔、東海道の川崎宿《かわさきじゆく》で街道茶屋をやっていたことがありまして。この夫は
もう何年も前に行方知れずになっちゃったんですけど」

「おかねさんの旦那さんが……?」

「ええ。弟だけじゃなく夫も行方知れずだなんて、妙な話と思われるでしょうが、事実なんですよ」

その後、おかねは夫の失踪について簡単に語った。

おかねの夫は十年ほど前、江戸へ出たものの仕事がうまくいかず、間もなく川崎宿で街道茶屋を持ったそうだ。そこで金を稼ぎ、それを元手にもう一度江戸へ出て一旗揚げるつもりだったとか。成功の暁には、伊勢に残ったおかねと伊一郎を呼び寄せると言っていた。

商魂たくましい伊勢商人の土地柄《つなぎ》では、さほど突飛な話でもないらしい。

ところが、そのおかねの夫と連絡が取れなくなったのが八年前の冬の頃。当時のおかねは、伊一郎を連れて川崎宿まで出向くこともできず、鹿之助に行ってもらうしかなかった。

その結果、分かったのは、夫の営んでいた茶屋はつぶれ、別の茶屋になっていたということだけであった。

その後、おかねと伊一郎は西黒部《にしくろべ》村《むら》の家を出て、鹿之助が奉公する澤屋のある射和村へ

移った。鹿之助が失踪するまでは、おかね、伊一郎と三人で暮らしていたという。

「鹿之助は、茶屋という言葉に引っかかったのではないかと思うんです」

おかねは、役人の言伝を受け取った鹿之助の内心を、そう推測した。

「おかねさんのご亭主がらみの話だと思ったということですか」

おかねはゆっくりとうなずいた。おかねの夫は江戸で茶屋を持ちたがっていた。彼が消息を絶った後、ある人物を茶屋で会わせたい、と言う役人が現れたのだ。

(鹿之助さんは、役人が会わせてくれる相手を、義理の兄じゃないかと踏んだわけだな)

都合よく考えすぎかもしれないが、鹿之助の立場からすれば無理もない。顔も名前も知らぬ役人の申し出を受ける気になったのも、失踪した義兄に会えることを見越したからだろう。だが、それならば、約束の日を前に姿を消してしまうのは不自然だ。

「そういえば、おかねさんのご亭主のお名前は何とおっしゃるんですか」

この話の流れならば、尋ねたとしても不審には思われないだろう。鬼勘から頼まれていたことを思い出し、喜八は訊いてみた。

「仁一郎……といいます。紀州、西黒部村の出身です」

鬼勘の予測が当たっていた。

おかねの夫は仁一郎だったのだ。ならば、巴屋の主人とおかねを引き合わせれば、彼が本物の仁一郎なのか、それとも仁一郎に成りすました偽者なのか、すぐに分かる。

だが、それは危険を伴うことかもしれない。今日、木挽町に来たからといって、母子が巴屋の主人と鉢合わせする見込みは低いし、成りすましであれば、すれ違ったところで何も起こりはしない。だが、木挽町の茶屋を探索するうち、巴屋仁右衛門の前の名が仁一郎だと知ってしまえば、二人は必ず巴屋に会おうとするだろう。

喜八はちらと伊一郎に目を向けた。このしっかり者の少年には父親がいなかった。姿を消したのが八年前なら、喜八が父の大八郎と別れた時と同じである。

その時の伊一郎は喜八より幼かったはずで、父親については母や叔父から聞かされて知ったこともあるのだろう。

もしかしたら、喜八自身が父の大きな背中を目指してきたように、伊一郎も江戸で一旗揚げようとした父の背を追い続けてきたのかもしれない。

鹿之助の探索からは手を引くよう、おかねたちに勧めてほしいと鬼勘からは頼まれている。が、仁一郎失踪の話を聞いて、二人に手を引けと言うのは難しい。

「ご亭主と弟さんが見つかることを願っています。でも、くれぐれもご無理はなさらないでください」

喜八はそう言うにとどめた。

「ありがとうございます」

と、おかねが頭を下げたのを機に、喜八はいったん二人の席から離れた。

その後、注文の鍋物などの用意が調ったので、弥助と一緒に運んだが、その時にはおかねの表情も先ほどよりは明るくなっている。

「まあ、美味しそうなにおい」

湯気の立つみぞれ鍋を前に、おかねはにっこりし、伊一郎は「この団子がもう一度食べたかったんだ」と目を輝かせている。

「お熱いうちにどうぞ。酢醤油も試してみてください」

おかねと伊一郎は「いただきます」と声をそろえ、箸を手に取った。

「あちっ、ちっ」

と、伊一郎があたふたしているのは前の時と一緒だ。

おかねは十分に冷ましてから、酢醤油を少しつけた白菜を口に含み、ゆっくりと噛み締めていた。

「白菜がこんなに甘いものだなんて。出汁《だし》と白菜の甘みが口の中で広がるのがたまらないですね。酢醤油がその甘みをまた引き立てていて」

先ほど弟や夫の話をしていた時より、声色《こわいろ》が別人のように軽やかで明るい。そんな母親の様子をちらと見た伊一郎は、目を和ませ、冷ました団子を勢いよく食べ始めた。

口の中にあふれる出汁をしばらく味わうように口を動かしていた伊一郎は、やがてごくっと飲み込み、満足そうに歯を見せて笑った。

「どうぞ、ごゆっくり」

喜八は弥助と共に、二人のそばを離れた。

「鬼勘に二人が来たことを知らせたいんだけど、どうしたらいいかな」

調理場へ入ってから、小声で弥助に相談する。弥助は少し考えた末、「何もしないでも大丈夫なんじゃないでしょうか」と答えた。

「確か、あの二人には警護を兼ねた見張りを付けているんでしたよね」

弥助に指摘されて、「ああ」と喜八も思い出した。二人が外出する時は、必ずその身を守りつつ、あとをつけているという話だった。

「かささぎへ寄ったという報告が行けば、鬼勘の方からやって来ますよ」

弥助のこの予想の通り、鬼勘はこの日の店じまいも間近の頃、かささぎに姿を見せたのだった。

## 六

この日の鬼勘に連れはなく、先だってと同じ衣揚げなどの具材をたっぷり載せた蕎麦を食べた後は、麦湯を飲んでゆっくりしている。店を閉めるのを待っているのだろうと喜八たちもわきまえ、客が鬼勘一人になるのを待って、弥助が暖簾を下ろしに行った。

「分かっているのと思うが、おかね母子のことで話がある」

鬼勘は先日の東儀左衛門との話し合いのことなど、まるでなかったことのように話し始める。鬼勘から問われるまま、喜八が昼間のやり取りをすべて伝えると、

「もはや当人らに知らせず、警護だけしていればよい話ではないな」

と、鬼勘は覚悟を決めた様子で言った。

「おかねさんたちに事情を話すのですか」

「うむ。何を話し、話さぬかはこちらで決める。ゆえに、若旦那らからおかねらに話すのは控えてもらいたい」

鬼勘の懸念に対し、喜八は「もちろんです」と答えた。

「ただし、面識のない我々がいきなり会いに行っても、あちらも困惑するだろう。警戒もされるだろうしな」

確かに、鹿之助が会う約束をしていた役人が失踪にも絡んでいるのではないかと、おかねたちは疑っているようだった。

「それゆえ、私が二人に会う場をここにしたい。馴染《なじ》みのある場所であれば、あちらも気安かろう」

「ですが、大事なお話ですから、他のお客さんがいる時ではまずいですよね」

「ううむ。かささぎが暖簾を下ろした後となると、遅い時刻になるしな。澤屋は日本橋ゆ

え、さほど遠くもないが、二人は江戸に慣れておらぬだろうし……」

鬼勘がめずらしく躊躇《ちゅうちょ》している。その時、

「でしたら、昼の休憩の時に来ていただけばよろしいのでは?」

と、弥助が案を出した。

「いつも八つ半(午後三時頃)から七つくらいまで休憩を取りますし、半刻(約一時間)もあれば十分話もできるでしょう。長引いても、少しくらいなら暖簾を上げるのを遅らせればいいですし」

その考えに喜八もうなずいた。

「ならば、明後日の八つ半にかささぎにいてもらえるよう、こちらから澤屋に知らせをやる。世話をかけるがよろしく頼む」

鬼勘はすぐにそう話をまとめると、この日は帰っていった。

そして、翌々日の午後、昼餉《ひるげ》目当ての客が少しずつ減っていき、喜八たちがようやく一息吐いた昼八つ時(午後二時頃)、おかねと伊一郎が現れた。

「ああ、いらっしゃい。お聞きしていますよ。今日はお待ち合わせですよね」

喜八が笑顔を向けると、おかねはほっとした表情を見せた。

「よかった。ちゃんと話は伝わっていたんですね」

「もちろんですよ。お相手の方はうちの常連さんですから、お楽にしてください」

喜八は空いていたいちばん奥の「い」の席に、おかねたちを案内して告げた。

「何でも、旗本の偉いお役人とお聞きしましたが……。旗本ってのは公方《くぼう》さまのご家臣なんですよね」

「まあ、そうですね」

「てことは、お殿さまと同じお立場のお方ですよね」

おかねの言う「お殿さま」とは、射和村を支配する鳥羽藩《とばはん》主のことのようだ。要するに、おかねが暮らす土地で最も偉い存在であり、その上に立てる人物といえば将軍しかいない。その将軍に直《じか》に仕えるのが旗本なのだから、おかねにしてみれば、「お殿さま」と同じ線上の人物に思えるのだろう。

「ま、まあ、お大名衆ほど偉くはない……と思いますけど」

だが、石高が大名ほどでないというだけで、「殿」と呼ばれる身分であることに変わりはない。

（考えてみりゃ、鬼勘はそういう立場の人なんだよなあ）

あまりに町人の暮らしの中に馴染んでいるので、つい身近な存在のように思えてしまうが、本来ならば対等に口を利けるはずもない相手なのである。

鬼勘は、これまで喜八が思っていたよりずっと、懐の深い人物なのかもしれない。

そんなことをしみじみ思った後、おかねと伊一郎に注文の品を問うと、おかねは緊張していてあまり食欲がないと言うので、胃に優しい南瓜《かぼちゃ》の粥《かゆ》を勧めた。伊一郎は蕎麦も好きだと言うので、この前、鬼勘が食べていたような具材をお好みで付ける形を勧めてみると、それにしたいと言う。それぞれの注文が調い、ゆっくり食事をしてもらった後も、八つ半にはまだ少し間があったので、麦湯を飲みながら待ってもらった。

そうするうち、他の客はいなくなったので、少し早めに暖簾を下ろす。すると、ほどなくして、

「邪魔するぞ」

と、鬼勘のすぐに分かる重々しい声がして、表の戸ががらっと開けられた。いつも供をしている配下の二人もいる。

「ようこそ、中山さま」

と、挨拶した喜八は鬼勘をおかねたちの席へ案内しようとした矢先、二人の侍たちの後から、さらにもう二人の連れがあることに気づいて、目を向けた。

「えっ」

そのうちの一人に思わず目が丸くなる。

「藍之助《あいのすけ》さん……ですよね。吉良上野介《きらこうずけのすけ》さまにお仕えしている……」

「へえ。ご無沙汰してました」

藍之助は整った顔に愛想のよい笑みを浮かべた。

元旗本奴はやぶさ組の幹部の一人で、鬼勘の父が主導した八年前の大弾圧を逃げ延びた男である。その後、素性を隠して高家《こうけ》旗本の吉良家に中間《ちゅうげん》として仕えることになったが、大弾圧で組頭を見捨てて逃げたことで、弟分の一人から恨まれ、命を狙われたことがあった。その弟分こそが、凄腕《すごうで》と評判の高かった人探しの寅次郎である。寅次郎は捕らわれ、江戸を追われたが、藍之助の方は罰金を吉良上野介が肩代わりしてくれたため、今も変わらずに奉公暮らしを続けているはずだが……。

藍之助と一緒に入ってきたもう一人は、藍之助よりも若く小柄な男で、見覚えはなかった。

「いったい、どういうことですか。それに、もうお一方はどなたです」

藍之助らを連れてきた鬼勘に目を向けて問うと、

「まあ、二人については後ほどゆっくりと語って聞かせる。今は先に、あちらの二人と話をさせてもらいたい」

鬼勘はおかねたちを見やりながら答えた。

「あ、はい。もちろん、そうしてください」

喜八は鬼勘をおかねたちの席へと連れていき、二人の前に座るよう勧めた。配下の二人と藍之助たちは通路を挟んだその隣の席に座ってもらう。

「ではさっそく、話を始めさせてもらおう」

鬼勘は一同に麦湯が行き渡る前から、口を開いた。

「私が澤屋に言伝を頼んだ中山勘解由である。火付人等を追捕するお役を相務めておる」

おかねがひゅっと息を呑んだ。もとより緊張していたところに、いきなり「火付人」などという物騒な言葉が出てきたので、怖気《おじけ》づいてしまったようだ。鬼勘について、もっとくわしく話しておくべきだったと、喜八は悔やんだ。

「あたしどもは伊勢の射和村から来ましたかねと伊一郎です。澤屋でお世話になってまして……」

おかねは泡を食った様子で言い、頭を下げる。

「おぬしらのことはいくらか知っておる。澤屋の手代《てだい》である鹿之助の縁者であるな」

「へ、へえ」

「鹿之助が消息を絶ったことも存じておる。それについては当方に落ち度があったかもしれぬ」

「落ち度……？」

おかねの顔がにわかに曇り、傍らの伊一郎が「お侍さまが叔父さんを呼びつけた方なのですか」と身を乗り出した。

おかねは伊一郎の物言いをはらはらしながら見ていたが、鬼勘は伊一郎の鋭い眼差しを正面から受け止めた。

「さよう。私が鹿之助を七月七日の暮れ六つ時（午後六時頃）、太刀売稲荷に呼びつけた。私の配下を行かせたが、鹿之助はそこに来ておらぬ。理由は分からぬ。我らに会いたくない理由があったのか、行きたくとも行けぬ事情が生じていたのか」

「お侍さまは叔父さんを茶屋で誰かに会わせようとしていたようですけど、その人は関わりないんですか」

伊一郎が畳みかける。

「ふむ。その件については我らも調べておるところゆえ、くわしいことは明かせぬ。ただし、我らは鹿之助を無事におぬしらのもとへ返したいと思うておるゆえ、おぬしらだけであまり勝手な行動をせず、我らを信じて待っていてほしい」

「そんな勝手なこと……」

伊一郎はいきり立ったが、おかねは息子の名を呼び、その袖《そで》をそっと引いた。

「それは、あたしたちが勝手に動けば危ないということですか」

鬼勘に尋ねた時のおかねは、それまでのおどおどした様子とは打って変わり、妙に落ち着いていた。

「さようじゃ」

鬼勘は重々しくうなずく。しばらくおかねは鬼勘の目をじっと見つめていたが、

「分かりました」

ややあってから、返事をした。

「もうお調べはついているのかもしれませんが、あたしの夫も消息を絶ちました。そして今度は弟が……。初めの時は、あたしたちが夫に捨てられたんだろうと思ってましたが、弟までいなくなった時、夫のことが関わっているんじゃないかと疑い始めたんです。もしこのまま突き進んで、この子に何かあったら悔やんでも悔やみきれません。ですから、鹿之助のことをお侍さまたちが捜してくださるのなら、お任せいたします」

おかねは深々と頭を下げたが、伊一郎は不服そうな表情を浮かべている。

「さように言うてもらえるとありがたい。こちらも、おぬしらにこらえてもらうばかりでは申し訳ないと思うておる」

おかねが顔を上げた。

「我らは鹿之助の探索は行う。我らが接触しかけたところで消息を絶った上、御府内《ごふない》の事件だからだ。されど、おぬしの夫の探索までは手に負えぬ」

鬼勘の管轄は江戸の内である。仁一郎が失踪したのは川崎宿であり、その後、江戸入りしたかどうかは不明であった。

「とはいえ、おぬしらはあきらめきれぬであろう。そこで差し出がましいことではあるが、おぬしらの助っ人となりそうな者を連れてきた」

鬼勘はそう言って、隣の席に座っていた藍之助ともう一人の若い男に目を向けた。二人が立ち上がって、鬼勘たちの席の横に立つ。

「これなる男は、旗本の吉良家に仕える中間で藍之助という。もう一人は小寅と申して、人探し屋をしておる」

「えっ……」

近くの空いている席で話を聞いていた喜八は、思わず声を上げてしまった。

藍之助はともかく、小寅といえば、例の寅次郎の弟子だった男ではないか。どこにいるか分からないと言っていたのに、鬼勘は小寅をどうやって見つけ出してきたのだろう。日々忙しい鬼勘たちに、事件と関わりのない男を探す余裕などあったのか。次々と浮かんでくる疑問を持て余していると、

「さて、少しわずらわしくなるが、あちらで首をかしげている若旦那に、事の経緯《いきさつ》を少し話したい。おぬしらには関わりのない話もあるので、聞き流してくれてよい」

鬼勘はおかねらに断ってから、喜八を相手に語り出した。

「寅次郎の弟子に、小寅という男がいることはすでに話したな。そして今申したように、我らが調べられる範囲には限りもある。そこで、人探しを生業《なりわい》とする男の使い道が出てくるというわけだ」

小寅の使い道はそれだけではない。かつて寅次郎は巴屋の過去を調べており、その弟子の小寅ならば何かを知っている見込みもあった。

「とはいえ、小寅を探すのに我が配下を使うわけにもいかぬ」

「そりゃあそうでしょうとも。あっしはお縄になるようなことをしたわけじゃありませんで」

小寅が話に割り込んできた。男にしては高めの声と陽気なしゃべり方がやや騒々しい。

「そこで、ふと吉良殿のことを思いついた。寅次郎と馴染みの藍之助なら、何か知っているのではないかと」

正確には馴染みなどという生易しいものではなく、寅次郎は藍之助を害そうとしていたのだが、それはおかねたちに知らせなくてもいいだろう。とにかく、鬼勘が吉良上野介の屋敷を訪ねてみると、何と、藍之助は小寅に会ったことがあるというではないか。

いったん牢屋敷《ろうやしき》に押し込められた藍之助が、釈放された後、小寅の側から会いに来たのだという。

「その話はあっしから」

と、藍之助が今度は話に割って入った。

「この男は竹寅、もとい寅次郎を慕っていましてね」

傍らの小寅を示しながら、藍之助は言う。

「寅次郎が江戸を所払いになったのに、あっしが変わらず吉良さまにお仕えしているのが不満だったそうです。それで、また道を踏み外したらただじゃおかねえと、あっしを脅しに来たんでさあ。そん時は寅次郎に代わって、あっしに仕置きをしてやるんだって」

物騒な話ではあるが、藍之助の口ぶりは軽いし、小寅も深刻そうではない。

「その時はそれで終わったんですが、それって、小寅があっしを見張ってるってことでしょ。だから、中山さまが小寅を探してると聞いて、お力になれたらと思ったんでさあ」

と、藍之助は言った。そうは言っても、藍之助から小寅への連絡の取りようなどはない。

「小寅が人探し屋をしてる確信はありましたんで、どこかの口入屋《くちいれや》とつながってると思ったんですよ。江戸中の口入屋を当たるわけにゃまいりませんが、あっしを見張るなら、吉良さまのお屋敷がある鍛冶橋《かじばし》から遠く離れはしまいと考えましてね。近い口入屋から当ってみたんですよ。藍之助が人探し屋の小寅に仕事を頼みたがってるってね。何軒かの口入屋にそう残していけば、そのうち小寅の耳に入ると思いました。そしたら、きっと小寅の方から会いに来るだろうと」

「この男の思惑通りというのは癪《しゃく》なんですが、まあ、その通りに踊らされまして、この次第です。天下の中山さまがらみとは驚きましたが、もちろんお引き受けさせていただきますよ」

小寅は調子よく言う。その雰囲気は、兄貴分の寅次郎が他人に見せていたうわべの態度によく似ていた。

「いや、仕事を頼むのは私ではなく、こちらの二人だ」

鬼勘が言って、おかねと伊一郎を見た。

「どうするかね。おぬしらが人探し屋に仕事を頼みたがっていると、若旦那から聞いたがゆえのお節介だが……」

「お頼みします」

おかねが迷うことなくすぐに言った。

「もちろんお代もお支払いします。正直、うちの人のことは半ばあきらめていたんですけれど……」

「あっしは仕事ならお引き受けしますよ。江戸の外のことでもちゃんと調べますしね」

こうして話がまとまると、鬼勘は自分の席を小寅に譲り、おかねからくわしい話を聞くようにと勧めた。その後、鬼勘は藍之助を引き連れる形で、喜八と弥助の座っている席に移ってきた。

「小寅さんを探し出してくださるなんて、驚きましたよ」

喜八は鬼勘に言った。

「探し出したのは、この藍之助だ」

鬼勘は隣に座る藍之助に顎をしゃくる。

「藍之助さんも本当にご苦労さまでした」

「いえ、こうして人助けをするのも、あっしの務めと思いますんで」

と言う藍之助は、以前より思慮深く見えるようになった。

「小寅は川崎宿へ出向くのも厭《いと》わぬそうだ。八年ばかりも前となると、難しいかもしれぬが……」

「でも、事件かどうかは分かりませんよね。自分から姿を消したってことだって」

声を潜めてはいるものの、藍之助は絶対におかねたちに聞かせてはならないことを、ちょろっと口にする。鬼勘はぎろっと藍之助を睨んだ後、

「まあ、それならそれで、別の形で解決するだろう」

もし仁一郎が自らの意志でおかねたちとの生活を切り捨て、別の暮らしを手に入れたのなら、おかねたちの気持ちを切り替える一助になるということだ。

いずれにしても、巴屋の成りすましが事実ならば、暴かなければならない。おかねたちに巴屋の主人を見せれば、すぐに分かる話であるが、先ほど鬼勘は巴屋の主人のことはおかねたちにまったく聞かせなかった。まずは小寅に調べさせ、鹿之助の探索と併せて慎重に進めるつもりらしい。

そうするうちにも、小寅はおかねたちから仁一郎についておおよその話を聞き取ったようであった。小寅が立ち上がり、鬼勘の方へやって来る。

「これから、あっしは川崎宿へ飛んで、調べてみることにします。分かったことはおかねさんたちにお知らせするだけでいいですか」

「できれば、私やここの若旦那たちにも知らせてもらえるとありがたいが……。私たちが話を聞いてもかまわないかね」

鬼勘がおかねに問うと、「もちろんです」とすぐに返事があった。

「なら、分かったことは皆さんに知らせるようにいたしましょう。では、あっしはこれで」

小寅はそれだけ言うと、皆に先駆けて店を出ていってしまった。驚くほどの身軽さである。

「あっし一人が蚊帳《かや》の外ってやつですか。まあ、かまいませんがね」

藍之助が口を尖らせるが、さほど悔しがっているふうでもない。

「おぬしにはまだこの先、やってもらうことがある」

鬼勘が低い声で独り言のように言った。藍之助に対する言葉のようだが、その仕事の中身について、鬼勘がその日、口にすることはなかった。

# 第三幕　とろとろ葛粥

## 一

十一月は冬至を経て寒の入りとなる。今年の冬至は五日で、木挽町は顔見世芝居で騒々しくしているうちに、過ぎ去ってしまった。

かささぎではこの日、松次郎の工夫で冬至粥《がゆ》を供した。

冬至の日は「ん」の付くものを食べるとよいと言われている。そこで、南京《なんきん》とも呼ばれる南瓜《かぼちゃ》の粥を——これはふだんから出している品であるが、この日だけ名を「冬至粥」として供することにした。また、柚子《ゆず》の湯に入って体を清める風習にちなんで、柚子と生姜《しょうが》入りの粥も用意し、客には好きな方を選んでもらった。どちらもなかなか好評で、冬至後も名を変えて品書きの中に残っている。

「冬至は何だか、あっという間に終わっちまったな」

季節の折々に、その日限りの献立を作るという務めは果たしたものの、は喜八と弥助が役に扮《ふん》した菊の節句や亥《い》の子《こ》の日に比べると、何となく物足りなさが残る。

十二月に入ってしまえば、瞬《また》く間に年明けだ。

「これから年末までの間に、何か特別な催しができそうな日はないよなあ」

十一月も半ばを迎えた十五日のそろそろ店じまいという頃、手持ち無沙汰《ぶさた》になった喜八はぼんやりと呟《つぶや》いた。

「それは、催しをしたいということでしょうか」

傍らの弥助から声をかけられ、はっと我に返る。自分では口に出したつもりもなかったが、しっかり聞かれていたようだ。

「ええと、冬至があまり目立たないまま終わっちまったから、今年最後の催しがあれになっちまうのも残念かなと思ってさ」

「この先の年中行事というと……大晦日《おおつごもり》になるでしょうか」

「大晦日は芝居小屋も休みだからな。茶屋でゆっくり食事を楽しもうという感じにはならないだろ」

「そうですね」

弥助は口を閉じて考え込むようにする。

「この先は、二十四節気の小寒《しょうかん》と大寒《だいかん》がありますが……」

「俺たちの扮装《ふんそう》は、もう今年はなしでいいと思うんだよ。ただ、松つぁんの料理の腕を生かして、何かできねえかなと思うんだが」

「それなら、小寒や大寒にふさわしい食べ物があればいいですね。俺は思いつきませんが、後で松のあにさんに相談してみましょう」

弥助が話をまとめてくれた時、客から「お勘定を」と声がかかった。すぐに席へ向かった弥助が見送りに出たのを見計らい、喜八は片付けに取りかかる。

その時、「ごめんくださいな」と淑《しと》やかな女の声がして、喜八は顔を戸口へと向けた。

「あ……」

驚きのあまり、客を迎える挨拶《あいさつ》の言葉さえ、すぐには出てこなかった。

菊の節句の折、店じまいの間際に来て、菊酒だけ頼んだ武家の奥方。美しく堂々としていて、大人の女としての自信に満ちている人。喜八の目に、奥方はそう映っていた。

「お久しぶりね、若旦那《わかだんな》」

奥方は晴れやかな笑みを見せた。

「いらっしゃいませ」

ようやく、いつも通りの挨拶が口から出てきたが、

「席へ座ってよろしいのかしら。それとも、もう暖簾《のれん》を下ろすところでしたの？」

と、奥方から首をかしげられて我に返った。

「い、いえ。大丈夫です。こちらへどうぞ」

客を席へ案内することも失念するなんて。どうも、この奥方を前にすると、いつも通りに振る舞えなくなってしまう。

喜八は奥方を、今残っている客と離れた席へ案内した。前の時と同じ女中が一人付き添っており、無言のまま、奥方の後に続く。

「ご注文はどうなさいますか」

相手から促される前に尋ねなければと、気負ってしまったが、少し性急すぎやしなかったか。もう少し雑談などした方がよかったかもしれない。他の客を相手にする時はごく自然にできる、そうした客あしらいがなぜかうまくいかない。

「そうねえ。菊酒はないでしょうけれど、ふつうのお酒はあるのかしら」

奥方は寛《くつろ》いだ様子で訊いた。

「はい。諸白《もろはく》と濁り酒がございますが……」

濁り酒は安く、諸白は下り物で値も張る。奥方ならば諸白だろうと思いつつ、ふっと蜜《み》淋酒《りんざけ》のことを思い出した。あまり酒に強くない女人が好む、少し甘みのある酒だ。かささぎには酒を注文する女客はあまり来ないのだが、蜜淋酒は松次郎が料理にも使うので、常備している。

「他に、蜜淋酒も置いています」

喜八は慌てて付け加えた。

奥方は口もとを綻《ほころ》ばせると、目の前に座った女中の方へ目を向ける。

「そなたも蜜淋酒なら飲めるでしょう」

「ですが……」

女中は辞退しようと、首を横に振りかけたが、

「あれは酔わないそうだから、平気ですよ」

と、奥方は言って、喜八に目を戻した。

「蜜淋酒と諸白を一本ずつ、お頼みするわ。諸白は温《ぬく》めてちょうだいね」

奥方自身は諸白を飲むつもりのようだ。前の時も感じたことだが、どうやら酒は強いらしい。

「今日はお酒に合うお料理も頼もうかしら」

奥方は目を壁の品書きへと遊ばせる。

「どういったものがお好みでしょうか」

湯豆腐、衣揚げ、田楽《でんがく》、芋《いも》や蓮根《れんこん》や牛蒡《ごぼう》の煮物、白菜や大根の漬物など、品書きの文字が頭の中をぐるぐると回り始める。ふだんならお勧めの言葉がすらすら出てくるのに、今は口がまったく動かなかった。

奥方は喜八の様子には気づかないのか、じっくりと壁の品書きを見つめている。それから目を喜八に戻すと、

「くわいはないのかしら?」

と、訊いた。

「くわい、ですか」

「ええ。今が旬でしょう。お酒にも合うと思うのだけれど」

奥方の声を聞き終えもせぬうちに、「すぐに確かめてきます」と喜八は調理場へ急いで戻った。

「松つぁん、くわいは入ってないか」

喜八の声がいつになく大きかったせいか、ふだんなら手もとから目をそらさぬまま話す松次郎が思わず顔を上げた。

「くわい、ですか」

あると言うでもなく、ないと言うでもない、あいまいな物言いに喜八はいらいらした。返事を急《せ》かそうとした時、「どうしたんです」と弥助が話に入ってくる。

「お客さんがくわいの料理をお求めなんだ」

喜八の返事に、弥助が少し顔色を変えた。

「くわいは仕入れはしたんですが、ほんのちょっとしかなくて」

食材の仕入れは主に弥助が担当している。

「だから、若の夕餉《ゆうげ》に出してくださいって、俺がお願いしていたんです」

「そ、そうだったのか」

くわいは喜八の好物ではあるが、それ以上にくわいを好んでいたのは、亡き父の大八郎であった。

大きな芽をつけることから、縁起がよいとされるくわいは正月の料理としてもよく使われる。大八郎はくわいの丸煮《まるに》が好きで、旬の頃はふだんから食卓に並べさせ、子分たちにもよく振る舞っていたのだ。

美味《うま》いものも縁起のよいものも楽しいことも、すべてを皆で分かち合おうというのが大八郎の信条だった。もちろん日々の暮らしには苦しいことも理不尽なこともある。それでも、子分たちが進んでそれらを分かち合おうとしたのは――大八郎の死後までもその生き方を貫いたのは、大八郎の気質に影響を受けたためであった。

そんな大八郎を偲《しの》ぶ縁《よすが》とも言うべきくわいに、弥助と松次郎が格別な思い入れを持つのはよく分かる。喜八とて、くわいを見れば父を思い出すし、そうでなくとも、松次郎が作る出汁《だし》をたっぷり含ませたくわいの丸煮は絶品で、ぜひ食べたいところであった。

だが、今は自分よりも、あの奥方にくわいを食べてもらいたい。

「なあ、松つぁん」

喜八は先ほどまでよりずっと落ち着いた声で言った。

「くわいを今いるお客さんに出して差し上げたいんだ。俺の分はいいから作ってくれ」

松次郎は黙ってうなずいた。よく聞けば、含め煮はすでに作ってあり、味を染み込ませているところだという。さらにまだ使っていないくわいが三個ほど残っているそうで、

「……素揚げもできますが」

と、松次郎は小声で付け加えた。

「ありがとな。どっちがいいか、訊《き》いてくるよ」

喜八は客席へ戻りかけた足を急いで止めると、「あ、諸白を温めといてくれ」と弥助に言い置き、調理場を飛び出した。

奥方のところへ戻り、「くわいの含め煮と素揚げをご用意できますが」と告げる。

「まあ、品書きにないものを出してもらえるのね」

奥方の目が明るく輝いた。

「どちらにいたしましょう。それとも、両方お頼みなさいますか」

奥方は少し考えた後、「含め煮を頼むわ」と答えた。

「それでは、少しお待ちください」

喜八は調理場へと舞い戻って、松次郎に含め煮の用意を頼んだ。

弥助が酒を温めてくれていたので、喜八は蜜淋酒を徳利《とっくり》に移す作業にかかった。

すべての用意が調《ととの》うと、盆を手に喜八が運ぶ。

「どうぞ」

喜八は奥方と女中、それぞれの盃《さかずき》に酒を注いだ。

「ありがとう」

奥方は一口酒を含んだ後、すぐにくわいに箸《はし》をつけた。芽の付いた丸煮を口に含んで、じっくりと味わっている。

「ほくほくして美味《おい》しいこと。ほろ苦くてほんのり甘い……懐かしいわ」

奥方は満足そうに目を閉じたまま言った。

「どうぞ、ごゆっくり」

喜八は奥方の席を離れたが、調理場の前に控えつつ、ひそかに様子をうかがい続けた。間もなく、奥方たちを除いて最後の客が去ると、弥助も喜八の隣に立った。一組だけの客のため、二人で控えている必要もないのだが……。

初めて太刀売稲荷で見かけた時、奥方の姿に心を傾けていたのは喜八ではなく弥助であった。その頃の喜八は、そんな弥助を興味深く見ていただけだったのに、菊の節句で身近に言葉を交わして以来、どうも妙だ。

やがて、奥方と女中は飲食を終え、奥方は喜八に目を向けてきた。

「美味しかったわ。無理を言ってごめんなさいね」

奥方は言い、釣《つ》りは要らないと二百文を女中に用意させた。

「それから、一つお願いがあるの」

奥方は喜八の目をじっと見つめながら言う。

「こちらに、中山勘解由さまが出入りしているそうね」

思いがけないことに、喜八は動じてしまい「え、あ、はい。そうですね」とろくな返事ができなかった。奥方は表情を変えることなく、袂《たもと》から一通の書状を取り出すと、

「この書状を中山さまに渡してもらえるかしら。急ぎというわけではないけれど、あまり遅くならない方がいいわ」

と、喜八に差し出した。

「……は、はい」

恐るおそる書状を受け取る。

「手渡すのは難しいの。お屋敷に届けるのもできれば避けたくて」

眉をわずかに下げて呟く奥方の表情を見ていたら、何でも聞いて差し上げたくなる。と同時に、書状の届け先が鬼勘であるのは、何とも複雑な気分であった。

「あの、奥方さまのお名前は……？　お訊きしてもよろしいですか」

「臼井喜世《うすいきよ》といいます。そう言えば、中山さまはお分かりになるでしょう」

奥方――喜世はそれだけ告げると立ち上がった。女中が無言で後に続く。

喜八は弥助と二人、喜世を外まで見送った。空には満月が照っていた。冬の凍るような月の光が奥方の姿をしめやかに浮かび上がらせる。

喜八と弥助は、喜世の背中が見えなくなるまで、その場にずっと佇《たたず》んでいた。

二

三日待って来なかったら、鬼勘の屋敷まで出向いて喜世の書状を渡そう。喜八がそう考えていたところ、鬼勘はちょうど三日目となる十八日の店じまいの頃、一人でやって来た。

店にはおあさとおくめ、六之助が残っていて、

「十一月の初めの頃は、萬屋さんもよく芝居小屋へ来ていたのだけれど、今はあまり来ないんですって。相変わらず、巴屋さんとの深いつながりは聞けてないそうよ」

と、おあさが儀左衛門の探索活動について話してくれているところだった。

そういえば、巴屋と萬屋のつながりは、鬼勘に伝えるべき事柄なのに、先日はおかねたちが同席していたため、まだ話せていなかった。喜八はそのことをおあさに伝え、鬼勘の注文が調うまでの間に話しておいてくれるよう頼んでおいた。

「さようなことがあったのか。巴屋のことは調べておるが、萬屋とのつながりは初耳だ。四代目の贔屓《ひいき》筋《すじ》ならば、付き合いがあっても不思議はないか」

鬼勘はその話を興味深く聞いたようだ。

それから、鬼勘の注文の品が出来上がったので、喜八は運んだ。冬至の日に来られなかった鬼勘は、ぜひとも食べてみたかったと南瓜の粥を頼んでいる。他に、湯豆腐、定番の衣揚げ、それに新しく品書きに加えられたくわいの素揚げが添えられていた。

すでに食事を終えていたおあさたちは、鬼勘の料理が届いたのを機に帰っていった。

「いやはや、近頃はここでゆっくりと食事をすることもできなかったからな。やはりこの季節は南瓜が美味《うま》いな」

粥ばかりでなく、衣揚げにも含まれており、それぞれの違った味わいを鬼勘は楽しんだようだ。その後、澤屋にいるおかねと伊一郎に変わりはないこと、人探しの小寅からはまだ知らせがないことを、鬼勘は自分から語った。喜八たちを巻き込んだ以上、状況を知らせておこうとの配慮らしい。喜八も前回の話し合いの後、彼らが店に立ち寄ってはいないことを伝えてから、預かっていた書状を鬼勘の前に差し出した。

「何だね、これは」

鬼勘は怪訝《けげん》そうな表情で、喜八と書状を見比べたまま、手を出しはしなかった。

「臼井喜世さまというお名前に心当たりは……？」

「なに……」

鬼勘が目を剝《む》いた。表情はそのまま固まり、息をすることすら忘れたように見える。

見たこともない鬼勘の態度に驚きつつ、喜八は書状を取るように勧めた。

「どうぞ。こちらは中山さまに渡してほしいと、奥方さまから預かった書状です」

表書きのされていない書状を鬼勘は心なしか、恐るおそるという様子で取り上げた。

鬼勘が書状を開いて読み進める間、喜八と弥助はその様子を見守っていた。喜世の名を聞いた時よりはずっと落ち着いた表情で、鬼勘は書状を読み進めていく。

（いったい、奥方さまは鬼勘に何を伝えようとしてるんだ）

二人が気軽に会える仲でないことは、書状を喜八に託したことから察せられるが、互いに知った仲であるのも確かなようである。

（まさか、許婚《いいなずけ》だったとか、恋仲だったなんてわけじゃないよな）

とは思うものの、では喜世が木挽町へ気軽に来られる身でありながら、鬼勘への書状を喜八に託したのはなぜなのだろう。

喜八は悶々《もんもん》としつつ、鬼勘が書状を読み終えるのを待った。

ややあって、鬼勘は片方の手で眉間《みけん》を揉《も》みながら、ふうっと大きな溜息《ためいき》を吐《つ》いた。

「……ううむ」

その口から呻《うめ》くような声が漏れる。

「何が書かれていたのか、お尋ねしても？」

喜八が問うと、鬼勘は眉間に当てていた手を離し、顔を上げた。

「鹿之助の居場所が分かったぞ」

と、喜世の書状とはまったく関わりのなさそうなことを言う。

「どういうことです」

「喜世殿が鹿之助をかくまっているそうだ」

「えっ」

話が予想もつかぬところへ飛んでいくので、理解が追いつかない。

「あの奥方さまはいったい何者なのですか。うちの店には二度ばかりいらしただけなんですが、先日、急に中山さまへの書状を託されたのですよ」

喜八が言葉を重ねると、鬼勘は気勢をそがれた様子で「さ、さようか」と応じた。

「俺たちにも、少しは分かるようにお話しいただけませんか」

と、弥助が横から言い添える。

「俺たちはおかねさんたちの事情も知っていますし、中山さまにも力をお貸ししてきたと思うのですが……」

だから事情を明かしてもらってもいいはずだ、という弥助の言い分には、鬼勘も渋々ながら同意した。

「うむ。おぬしらには話してもよかろう。喜世殿もおぬしらに知られるのを見込んで、これを託したのであろうからな。言わずもがなだが、他言は無用で頼む」

わざわざ念を押すまでもないと、喜八は勢いよくうなずいた。

「まず、喜世殿はもともと巴屋の客として出入りしていたそうだ。臼井家は旗本の家柄でな。喜世殿は臼井家から一度嫁いだが、ご亭主の死後、実家へ戻り、今は悠々自適に暮らしているそうな。とにかく、そうして巴屋に出入りしているうち、七月の初めの頃、不審な男が巴屋の周辺をうろつくのを見た」

「七月の初め……」

喜八の呟きに、鬼勘は「さよう」と大きくうなずいた。

「私の配下が鹿之助と太刀売稲荷で会う約束をしていた七月七日の少し前だ。喜世殿を警護していた侍が怪しげな男をひっとらえ、喜世殿に告げた。ここが喜世殿の賢明なところだが、すぐに巴屋の主人に伝えるのではなく、まずは自分で不審者と相対したという」

「賢明なだけでなく、とても度胸の据わった方なのですね」

弥助が感心した様子で言い、「まったくだ」と鬼勘も言った。

「とにかく、こうして臼井家の侍につかまったのが、かの鹿之助だったわけだ。鹿之助はそのまま町奉行に突き出されても仕方のないところであったが、喜世殿が話を聞く態度を見せたので、信用したのであろう。すべてを正直に打ち明けたそうだ」

その時、鹿之助は喜世に告げた。

自分は伊勢国鳥羽藩の射和村から来た者で、姉のおかねとその子伊一郎と一緒に暮らしている。おかねの亭主仁一郎は、八年ほど前まで川崎宿で街道茶屋を営んでいたが、急に連絡が取れなくなった。

それからも仁一郎の行方はつかめぬまま、時が過ぎ、西黒部村で夫の帰りを待っていた姉はやがてその家を出た。もはや仁一郎が帰ってくることはないだろうと、皆が思い始めていたのだが……。

今年の夏、勤め先である澤屋の江戸店から妙な知らせがよこされた。「役人が伊勢出身の仁一郎という者を調べている」というのだ。その話を聞き、自分は店に頼み込んで江戸行きを認めてもらった。

やがて、澤屋の江戸店へ到着し、「七月七日暮れ六つ、太刀売稲荷で待つ。とある茶屋で引き合わせたい者がいる」という役人の言伝《ことづて》を受け取った。

「おぬしらも知る通り、これは私が澤屋に頼んだ言伝だが、鹿之助はすぐに仁一郎のことだろうと考えたそうな。まあ、話の成り行きからしてそう考えるのが自然であろう。それで、太刀売稲荷の近くの茶屋を回り始めた。丹念に人の話を聞いていくうち、巴屋仁右衛門の元の名が仁一郎と知ってしまったらしい。それで、巴屋の主人の顔を確かめようと周囲をうろついていたところ、喜世殿の家来につかまったわけだ」

鬼勘はいったん口を閉ざすと、冷めた麦湯を一口すすった。「少々お待ちを」と弥助が言い、調理場から新しい麦湯を持ってくる。「すまぬ」と言って、鬼勘は麦湯でさらに喉を湿すと、再び話を続けた。

「喜世殿はまず仁一郎の人相を聞き、自分の知る巴屋とはまるで違うことを奇妙に思った。仁一郎はひょろりと背が高く、面長《おもなが》の男だそうで、巴屋仁右衛門とは違う。そこで、喜世殿は鹿之助に力を貸し、物陰から巴屋の主人を見せる機会を作ってやった」

鹿之助は仁右衛門と自分の義兄は別人だと断言。それでは同郷同名の別人かとなると、そういう人物がいれば自分が姉から聞いていたはずだと鹿之助は言う。それらの話から、喜世は巴屋の主人が他人に成りすましているのではないかと疑った。鹿之助の義兄仁一郎の失踪《しっそう》と照らし合わせると、事件である見込みも高い。

喜世は鹿之助に、七月七日を待つことなく、すぐに江戸を去った方がよいと勧めた。もし鹿之助の義兄の仁一郎が殺され、別人が仁一郎に成りすましているならば、鹿之助とていつ災難に見舞われるか分からないと言って。

だが、鹿之助はここまで来て、何も分からぬまま伊勢へ帰りたくないと言った。そこで、喜世は二つのことが約束できるならば、自分が鹿之助を屋敷でかくまってもよいと告げたそうだ。一つは、江戸へ残って仁一郎の探索をしていることを誰にも話さないこと、もう一つは、喜世の許可なく屋敷の外へ出ないこと。

これを受け容《い》れれば、鹿之助自身が澤屋や姉の前から消息を絶つことになる。だから、断るだろうと喜世は見込んでいたそうだが、何と鹿之助は受け容れた。巴屋仁右衛門の羽振りのよさを目の当たりにし、もしも義兄に何かをして成りすましたのであれば、断じて許せないと思ったためらしい。

そこで、喜世は鹿之助に力を貸すことにした。

「喜世殿が七月七日、鹿之助を太刀売稲荷へ行かせなかったのは、役人からの呼び出しという話に確信が持てなかったからだそうな。まあ、賢い判断だな」

と、鬼勘は感心した口ぶりで言った。

その後も、喜世は巴屋に出入りしつつ、鹿之助に接触しようとした者が本物の役人かどうか探っていたそうだ。また、澤屋の白粉《おしろい》を買う常連客ともなって、時折、そちらにも探りを入れていた。さすがに、おかねと伊一郎が江戸へ来たことをすぐに知り得たわけではなかったが、やがてその報もつかんだ。

「喜世殿は、おかねらがかささぎに出入りしていることを知り、それとは別に、私がかささぎの常連であることも知った。一連のことを考え合わせ、鹿之助のことを私に知らせるべきと判断したのだそうな」

「何という聡明なお方でしょうか」

弥助が感に堪《た》えないという面持ちで呟く。

「それに、慎重さと勇ましさも備えておられるのですね」

「まったくだな」

弥助の言葉に、鬼勘が素直に同意した。

「ところで、中山さまはあの奥方さまとどういうお知り合いなのですか」

弥助が喜八も気になっていたことを、さらりと尋ねた。鬼勘は苦虫を嚙《か》み潰したような表情をしているが、訊かれることを想定していたのか、驚いてはいない。

「喜世殿の臼井家も我が家も同じ旗本ゆえ、家同士の付き合いがあった。ゆえに、喜世殿のことは嫁入りする前から存じておるが、それ以上の関わりはない」

鬼勘は淡々と答えた。中山家と臼井家の付き合いは今もあるそうだが、出戻りの喜世が臼井家の表に出てくることはないため、まともに言葉を交わしたのはずいぶん昔のことになるという。

「書状をおぬしらに託したのも、我が家へ直《じか》に届ければ、話が大袈裟《おおげさ》になると踏んでのことであろう。いずれにしても、これで鹿之助の身柄のことはもう悩まないでいい。おかねらに知らせるかどうかは慎重に考えねばならぬが、喜世殿にはこのまま鹿之助をかくまってもらうとしよう」

「それを、どうやって奥方さまにお伝えするのですか」

喜世に感銘を受けている鬼勘と弥助に、何となく複雑な思いを抱きつつ、喜八は尋ねた。

「そうだな。特に返事は要らぬとあるし、鹿之助の安全のためにも、私から下手に連絡《つなぎ》はつけぬ方がいいだろう」

鬼勘は喜世に自分の側から意を伝えるつもりはないらしい。

「まあ、喜世殿がもしもまたこちらへ来ることがあれば、そのことを伝えてもらえるとありがたいが……」

鬼勘はそう言って、少し喜八の顔色をうかがうように見る。

「喜世殿は……その、この書状とは別に、おぬしに何か言っていなかったか」

「何か、とは……？」

鬼勘の意が読めず、喜八はそのまま訊き返した。

「何でもいい。これとは関わりのない話をしていなかったか」

鬼勘はまるで何かをごまかそうとするかのように早口で言う。

「他には何を注文するか、という話くらいだったと思いますが」

喜八は喜世とのやり取りを思い浮かべながら答えた。鬼勘は喜八の顔をなおもじっと見つめていたが、「……さようか」と応じただけで、それ以上問い詰めてはこなかった。

実際、これという話はしていない。

だが、奥方と過ごしたひと時のことを思うと、何とも言えぬ温もりが込み上げてくる。

自分でもそのことが妙に不思議な心地がした。

三

十一月二十日は小寒に当たる。この日から寒の入りだ。そして、寒に入ってから九日目は、一年で最も水が澄む日とされる。この日の水を「寒九《かんく》の水」と言い、この水でつくった酒や味噌《みそ》は格別の味になると言われていた。

冬至が終わった後、これという年中行事がないことを残念がっていた喜八に、この「寒九の水」を教えてくれたのは松次郎である。

この日を狙って、寒九の水を使った特別な料理を出したらいいのではないか。松次郎はそう持ちかけてきた。

「でしたら、水の美味しさがより生きる料理がいいでしょうね」

と弥助が言い、それなら味噌鍋あたりがいいのではないかという流れになったのだが、

「なあ、松つぁん」

話がまとまる前に、喜八はふと思ったことを口にした。

「寒の入りから九日目を寒九っていうなら、一日目は寒一《かんいち》、二日目は寒二《かんに》って言うのか」

「……はて」

松次郎は聞いたことがないようで首をかしげている。

「俺も聞いたことはありませんが、それが何か」

弥助が喜八に訊き返した。

「いや、何かって言うほどのものじゃねえ。ただ気になっただけだ」

喜八が気軽に返すと、「ふむ」と弥助は何やら考え込む表情を浮かべている。ややあってから、

「これまで、うちの店では特別な日に一日限りの献立を供してきました。寒九の日にその日限りの味噌鍋を出すのもいいですが、今回は違う形にしてもいいかもしれません」

と、弥助は言い出した。

「違う形って?」

「小寒から大寒を経て立春を迎えるまで、寒中の献立とでもいう特別な料理を供するのです。ほぼひと月ありますから、あまり凝った料理でない方がいいでしょう。寒中に皆が食べたくなる料理で、何かありませんか」

弥助から話を向けられた松次郎が、

「そりゃ、ありきたりだが、鍋か粥だろう」

と、ゆっくりと答える。

「粥ですか。いいですね」

弥助はそう言ってから、喜八に目を向けた。

「寒一の粥、寒二の粥、寒三の粥……というように、粥の中身を日替わりにするのはどうでしょう。寒九の日には全種出そろうわけです。それ以後は、九種の粥どれでも選んでいただけるようにして」

「それなら、九日間、ちょっとした催しが続く感じになるな」

　喜八は声を弾ませた。弥助はまったくいい案を思いついてくれる。

　すでに冬至粥として供した南瓜粥、柚子と生姜の粥がある。他にも、玉子粥、梅干し粥、小豆《あずき》粥、芋粥、納豆粥と、松次郎は次々挙げていった。

「ええと、これで七種か。食材はどれもこれからひと月の間、手に入れられるものばかりだな」

　喜八が尋ねると、弥助が「大丈夫です」と答える。

「これは春に食べるものですが、七草粥の薬草類も十二月には手に入ります。七草としないで薬草粥とすればいいのではないでしょうか」

「それはいいな。足りない薬草があっても出せるし。これで八種か。あとは……」

「もう一種は考えがありやす。あっしに任せてもらえれば……」

　松次郎が力強い声で言うので、最後の一種は松次郎に任せることにする。

　こうして寒の入りを迎えた十一月二十日、かささぎではまず「寒一の粥」として南瓜粥を出した。

「今日から寒の入りですよ。一年で最も寒いこの時節、あったかい粥を食べて、体の中から温まっていってください。かささぎでは今日から九日間、日替わりでいろんな類《たぐい》の粥を出していきます」

喜八は店前《たなさき》に立って、通りの客を呼び込んだ。

「へえ、今日の粥は何だい」

「今日は南瓜粥です。冬至の日だけじゃもったいない、滋養があって甘みとこくのある南瓜粥は体にもいいですよ」

などというやり取りを交わせば、客はたいてい店に入ってくれる。

日によって粥の中身が替わる試みも、客は面白がってくれた。二日目は柚子と生姜の粥、三日目は梅干し粥——と寒中の日が過ぎていき、四日目となった昼前のこと。

喜八が呼び込みをしていたら、小柄な男がすばやく駆け寄ってきた。

「久しぶりです、若旦那」

「小寅さんじゃないですか」

人探し屋の小寅は、おかねから仁一郎を捜す依頼を受け、彼が街道茶屋を営んでいた川崎宿まで行くと言っていた。それが今月の九日のことだから、ほぼ半月ぶりである。

「もしかして、おかねさんからの依頼を調べ終えたのですか」

喜八がそのあまりの早さに驚くと、小寅はへへっと鼻の下をこすった。

「まあ、川崎宿でのことが分かっただけですがね。これから、おかねさんのとこへ行ってきますが、都合がついたら、お昼にこちらへお誘いしますよ。前の時みたいにお昼休みがいいですかね」

気を回してくれる小寅の言葉に礼を述べ、「今日は玉子粥の日なんで、食べてってください」と言い添える。

「それじゃ、また」

と、小寅はすぐに走り去ったが、約束通り、八つ半（午後三時頃）の少し前に戻ってきた。その際には、おかねと伊一郎の他、鬼勘の一行も一緒であった。驚くべきことに、わずかな間に鬼勘の居場所を探し出し、暇があるならご一緒に——と誘ったのだという。

「皆さんが一堂に会してくださるなら、話すのも一度で済みますからね」

と、小寅は澄ましている。

そこで、喜八と弥助も含めて、皆が玉子粥をすすりながら、小寅の話を聞くことになった。おかねと伊一郎はおおよその話は聞いているそうだが、くわしい話はこれかららしい。

「まず、お捜しの仁一郎さんですが、八年前まで川崎宿で街道茶屋を営んでいたのは確かです。その名も『くろべ屋』といって、故郷の西黒部村から採ったのでしょう」

面長でひょろりと背が高い風貌も、おかねの夫仁一郎に一致している。

「そのくろべ屋ですが、少なくとも七年前の冬には『ひさご屋』という茶屋に変わっています。主人は勘兵衛《かんべえ》さんという人ですが、ま、この人は仁一郎さんとは関わりありません。仁一郎さんが不在となって荒れていた茶屋を勝手に奪《と》っちゃったんで、善人じゃありませんが、仁一郎さんとは面識もない人です」

「仁一郎が手塩にかけた茶屋を突然、捨てた理由は分かったのか」

鬼勘が尋ねる。

「そこはご本人に訊かなきゃ分かりませんよ。ただ、仁一郎さんが消息を絶つ前、とある出来事がありましてね。その件は、おかねさんもご存じなかった。仁一郎さんとは関わりない話と思われて、伝わらなかったんでしょうなあ」

そう言って、いったん口を閉ざすと、小寅はその頃にはだいぶ冷めていた玉子粥をささっと口に運んだ。

「いやいや、これは美味い。やっぱり江戸は粥の米粒一つをとっても違いますな。ここんとこ、宿場の飯ばかり食ってたんですが、どうも雑な味ばかりでね」

口の中のものを飲み込んではしゃべり、また粥を口へ入れる——それを何度かくり返すうち、小寅はあっという間に粥を食べ終え、また話に戻った。

「実は、仁一郎さんがいなくなる半年ほど前、茶屋に男が一人居ついて、店を手伝っていたようです。痩せていた仁一郎さんと違って、なかなか体格のいい男だったとか」

「あの……」

と、その時、おかねが口を開いた。

「その人のことは、あたしも聞いてました。でも、八年前ですら、名前が分からなかったんです。きいさんとか、きいちゃんとか、そんなふうに呼ばれてたそうですが、うちの人が消息を絶つ少し前に、いなくなったらしくて」

本名は、おかねも知らないそうで、小寅も突き止められなかったという。

「まあ、このきいさんのことはひとまず措《お》いといて。それより、仁一郎さんがいなくなる三月《みつき》ほど前、くろべ屋で死人《しびと》が出たらしいんですよ」

と、小寅はさらっと告げた。

「死人だと？」

鬼勘の匙《さじ》を持つ手が止まっていた。喜八も口の中のものを飲み込み、小寅の口もとを凝視する。おかねと伊一郎が驚かないのは、事前に聞いていたためだろう。

「仁一郎さんやきいさんが死んだわけでも、誰かを殺《あや》めたわけでもありませんので、ご安心を。死んだのは、江戸へ向かう途中の旅人でさあ。江戸をもう目の前にして死んじまったんですから、浮かばれませんや」

しかし、旅先で具合を悪くして、そのまま力尽きてしまう旅人は決して少なくないと、小寅は言う。仁一郎のくろべ屋で倒れた旅人も、その類だったようだ。

「その人は何かを江戸へ届けるところだったんですが、素性や届け物の中身は突き止められませんでした。けど、何かにおう話じゃありませんかね」

そう言って、小寅は鬼勘とその配下の顔をじいっと見つめる。

「ふうむ。旅人が死んだのと相前後して、きいさんという居候《いそうろう》がいなくなり、次いで仁一郎も消えたというわけだな」

鬼勘が話をまとめながら考え込む。

「ええと、旅人の持ち物を奪った家が急に富を得るなんて話が、田舎じゃよく聞かれるんですがね」

小寅が軽い口ぶりで言うと、

「うちの人が旅人を殺めて、その金を奪ったとでも言うんですか」

めずらしく、おかねが息巻いた。

「そうは言ってませんで。奪わなくたって、預かったってことはあり得るでしょ。その旅人が何かを江戸へ届けようとしていたのは、ほぼ間違いのねえ話ですんで」

小寅がおかねの言葉を受け流しつつ、鬼勘に目を向けて言う。

「ふむ。八年前か……」

鬼勘は考え込むように呟いた。

(巴屋の主人があの店を買い取ったのが七年前くらいか。体格もいいから、きいさんとかいう男の見込みもなくはない)

喜八はひそかに考えをめぐらした。ただ、巴屋の主人が成りすましではないかという疑惑は、おかねと伊一郎には知らせていないはずだから、口を滑らせてはいけない。

「まあ、その旅人の持ち物が江戸へ運ばれた見込みは高いと思うんですよ。川崎宿ではそれ以上のことは分からなかったんですが、これからは江戸で調べてみます。それが書状なのか金品なのか、見当もつかないんで、途方もない話ではありますが」

とは言いつつも、小寅はあきらめてはいないようだ。

「八年前という手がかりはあるのだから、その頃の出来事で思い当たることがないか、探ってみよう。力を貸せるところは、私も力を貸す」

鬼勘が小寅に援助を申し出る。

「俺にも手伝えることがあれば、何かさせてください」

伊一郎が力強く言った。鹿之助の探索を役人に任せるよう言われてから、手持ち無沙汰になってしまったのだという。世話になっている澤屋の手伝いをしているそうだが、それでも暇を持て余しているらしい。

「そうそう」

と、その時、鬼勘が思い出したように、おかねと伊一郎に目を向けた。

「先に会った藍之助を覚えておるだろう。あの者の主人は吉良上野介殿と言うのだが、来月、山村座の芝居を見に行くそうな。藍之助に供をさせるそうだが、おぬしらも一緒にどうかと言っていたちなんか」

「えっ、どうしてあたしたちなんか」

おかねが目を大きく瞠った。吉良上野介には会ったこともないのだし、藍之助とも一度顔を合わせただけなのだから、驚くのも無理はない。

「うむ。話せば長くなるのだが、まあ、あの藍之助は前に働いた罪を償おうとしておってな。そのために善行を積んでおるところよ。おぬしらのために小寅を見つけ出したのもその一つでな。主《あるじ》の吉良上野介殿はその力添えをしているというわけだ」

「それで、あたしたちをお芝居に……？　何という慈悲深いお方なのでしょう」

おかねは感動した様子で目を潤ませている。

「そうは言うても野天の席だろうがな。吉良殿は桟敷《さじき》を使うだろうが、おぬしらも同じというわけには……」

「桟敷なんて夢にも思いません。お芝居に連れていっていただけるだけで。ねえ、伊一郎。せっかくだから、ご一緒させてもらおうかしらね」

おかねは息子に尋ね、伊一郎も嬉《うれ》しそうに「お願いしたいです」と言った。

「では、吉良殿から澤屋へ知らせるよう伝えておく。楽しみにしておるとよい。時に、十二月の演目は何であったか」

鬼勘が喜八に目を向けて問う。

「ええと、確か『望月七変化《もちづきしちへんげ》』だったかな」

喜八の返事に、弥助が「その通りです」と続けた。「望月」という能を元にした芝居で、仇討《あだう》ちを描いたものと聞いている。

「ふむ。まあ、知らせを待っておるがよい」

鬼勘がおかね母子に言ったのを機に、昼餉を兼ねたこの場はお開きとなった。

小寅は鬼勘と連絡を取りつつ、新しいことが分かったらまた知らせると言い、真っ先に店を飛び出していく。鬼勘たちがその後を追うように帰っていった。結局、鹿之助の居場所が分かったという一大事を、鬼勘はおかねたちに最後まで教えなかった。

「美味しい玉子粥をご馳走《ちそう》さまでした」

おかねは丁寧に礼を言い、喜八と弥助に軽く下げると、伊一郎と肩を並べて帰っていった。

「芝居見物の際はまたお寄りください」

喜八は二人にそう声をかけた。

十一月も残りわずかとなった二十七日、めずらしいことにおあさが一人でかささぎに現れた。さらにめずらしいことには、初めから眼鏡をかけている。

「今日の粥は何かしら」

日替わりで供している粥には、おあさも興味津々である。

「今日は小豆粥だよ。女のお客さんには特に評判がいいみたいだね」

「あー、おくめも食べたかったでしょうね。悪いことしちゃったかしら」

おあさは申し訳なさそうな声で言いながらも、その後には明るい声で小豆粥を注文した。

「おくめちゃんはどうしたんだい？」

麦湯を運んだ際に喜八が尋ねると、

「今日は家で女中頭さんの手伝いをしているわ。あたしはもう一回、『好色五人女――八百屋お七の巻』を見てきたんだけれど、おくめもそれは見ているし」

と、おあさは答えた。

「眼鏡をずっとかけてるのは？」

「ふだんはおくめが一緒だから、少し見えづらくても安心できるの。でも、いざおくめがいないとなると、やっぱり心配で」

おあさはそう言いながら、眼鏡の端を指でいじっている。

「初めておあささんの眼鏡姿を見た時は吃驚《びっくり》しちまったけど、今は何か見慣れてきたな」

それだけおあさとも同じ時を共に過ごしてきたということだ。

「『八百屋お七』は、おあささんが二度も見たいと思うほど、いい芝居だったんだね」

「ええ。役者さんの演技もそうだけど、お父つぁんが前に言っていたでしょ。言葉で何かを伝える仕事は誤解されることもある、でも、覚悟があるならうつむくことはない、みたいなこと」

「ああ、先生はいつもそういう覚悟を持っていらっしゃるんだなって、ちょっと驚いたよ」

「あたしもそう。ふだんは好き勝手してるお父つぁんだけど、いつも覚悟を持っていたんだなって。そうしたら、その覚悟のつまったお芝居をもう一回見ておきたくなったの」

眼鏡の奥のおあさの目は、どこか遠いところを見ているようであった。

「あたしね、今まで自分が何をしたいのか、よく分からなくて、誰かの手伝いをすることでごまかしてきたんじゃないかなと思ったの」

ふと気づくと、おあさの目は喜八をじっと見つめていた。

「どういうことだい？」

「面白い話の種を集めるのは、お父つぁんのお手伝い。かささぎ寄合は喜八さんや弥助さんのお手伝い。何かを一生懸命やっている人を手助けするのは、とても楽しいのよ。でも、あたしも自分のやりたいことを見つけたいと思うようになってきて……」

「見つかったのかい？」

「見つかりそう……かな。心が定まったらお話しするわ。もちろん、かささぎ寄合の舵取《かじと》り役をやめるつもりはないけれど」

「ありがとよ。じゃあ、俺もおあささんを応援させてもらおうかな」

「ふふ、ありがとう、喜八さん」

明るい笑顔が愛くるしい。少しどきっとしながら、喜八は調理場へと引き返し、やがて小豆粥をおあさのもとへ運んだ。

「お待ち遠さま」

「わあ、いいにおい」

おあさは粥に顔を近付け、すぐに眼鏡が曇ることに気づいて、眼鏡を外した。喜八と目が合うと、はにかむように笑ってみせた。

四

寒の入りから日替わりで粥の中身を変えていき、九種の粥が出そろってから間もなく、暦は十二月を迎えた。

十二月の六日は大寒となる。そして、吉良上野介が藍之助を伴い、おかねと伊一郎と共に芝居小屋へ出かけるのはこの日であった。

鬼勘が九種の粥について上野介に話してくれたそうで、それが功を奏したのか、四人は芝居小屋へ行く前、かささぎに寄ってくれるという。鬼勘から話を聞いて待っていると、昼の九つ（正午）を回ったところで、まずおかねと伊一郎が、それから少しして上野介と藍之助が現れた。

「これは、吉良上野介さま。またのお越しをありがとうございます」

喜八は弥助と二人で挨拶した。

「うむ。しばらくぶりじゃ。繁盛しておるようで何より」

昼を迎え、客の増え始めた店の中を見回しながら、上野介は穏やかな笑みを浮かべた。藍之助が上野介に、おかねと伊一郎を引き合わせ、おかねはすっかり恐縮した様子で、何度も頭を下げていた。伊一郎も礼儀正しくしているが、母親よりはだいぶ度胸が据わっている。

「注文は決めてある。寒九の粥を四つじゃ」

上野介は迷いのない口ぶりで告げた。

「お殿さまは、中山さまからその話をお聞きして以来、今日はこちらでその粥を食べるとお決めになられていたようで」

と、喜八に語る藍之助の目は笑っている。

「これ、要らぬことを言うでない」

上野介が眉を寄せて、藍之助を注意した。

「おぬしは口数が多い。それが人柄を軽く見せると、さんざん申し聞かせたであろうが」

「はぁ、申し訳ございません」

素直に謝ってはいるものの、藍之助はこたえているふうではない。とはいえ、主従の間柄が和やかであることは一目で分かる。藍之助は信頼できる主人に仕えられて仕合せそうであった。

喜八は注文を受けて、調理場へ下がった。

「松つぁんの粥を四つ頼む」

と、松次郎に注文を伝える。

九番目の粥——寒九の日に初めて出した粥には、さまざまな呼び名がついていた。当日は「寒九の粥」として供し、翌日以降は「とろとろ葛粥《くずがゆ》」として品書きに加えられている。客の中には、最初の日のまま寒九の粥と呼び続けている者もおり、喜八たちの間では「松つぁんの粥」とか「松のあにさんの粥」だ。いずれにしても、この粥は考案者である松次郎の粥と呼ぶのがふさわしい。

この粥は、生の米からじっくり炊き上げ、松次郎特製の銀餡《ぎんあん》——昆布《こんぶ》と鰹《かつお》の合わせ出汁に葛を加えてとろとろに仕上げたものを、客がお好みで粥に加えながら食べる。

すべての粥が出そろって以来、最も注文の多いのがこの粥であった。

やがて、出来上がった粥を四人前、上野介たちの席へ運ぶと、「おお」と上野介の口から感動の声が漏れた。

「いいにおいだね」

伊一郎が目を輝かせて、おかねに言う。

「本当に。こちらのお料理はどれも美味しくて、今日も楽しみです」

おかねは途中から喜八に目を向けて、にっこりした。

「こちらは、出汁の旨味でじっくり味わっていただくものです。もちろん米そのものの美味しさも感じられると思いますよ」

喜八はそれぞれの前に粥と匙、そして銀餡の入った器を置いた。

「それでは、いただくとしよう」

上野介が真っ先に匙を取り、続けて他の者たちも匙を手にする。

「ほほう、聞いていた通り、これは葛だな」

上野介が餡の器に匙を差し入れて呟いた。

「このとろりとした葛餡が、粥の米とどう絡むものか」

うきうきしているとも聞こえる口調で、上野介は言い、匙で二回ほど出汁を入れると、ゆっくりと軽く粥と混ぜ合わせ、口へ運んだ。

その後は目を閉じて、かすかに口を動かしていたが、やがて粥を飲み込むと、

「これは、米と出汁と葛のまたとない組み合わせじゃ」

と、笑顔になって言った。

「出汁の旨味を包み込むがごとき葛の、何という舌触りの優しさよ。まさに絶品じゃ」

「まったくです。中山さまが極上の粥だとおっしゃった時は、何を大袈裟なと思ったんですが、まったく他では味わえない一品ですね」

上野介の賞賛に、藍之助が追随した。

「中山さまは極上とおっしゃってくださったんですか」

そこまでの言葉は聞いていなかったので、喜八が問うと、藍之助はそうだとうなずく。

「確かにおっしゃっておいででしたよね、お殿さま」

と、上野介に問いかけるのだが、「そういうことは当人が当事者に伝えるものだ」と上野介は藍之助に先ほどよりも厳しい眼差しを向ける。

「あ、また、余計なことを」

藍之助も二度目の指摘にはさすがに反省した様子で、その後は口をつぐみ、おとなしく食事をした。とはいえ、席上の雰囲気が悪くなることはなく、おかねも伊一郎もとろとろ葛粥に満足した様子であった。

その後、上野介だけを残して、藍之助とおかね、伊一郎だけが先に席を立った。

「お殿さまはもうしばらく休んでから向かわれるそうです」

藍之助たちの席は野天の一階席で、上野介の席は二階の桟敷であるため、ここからは別々に行動するらしい。上野介が一人になってしまっていいのかと問うと、別の店で食事を済ませた家臣が迎えに来ると言われた。

「それじゃ、芝居を楽しんできてください」

と、喜八は三人を見送った。ややあってから、藍之助が言っていた通り、上野介を迎えに二人の家臣が現れ、上野介もまた芝居小屋へと向かったのであった。

藍之助はおかねと伊一郎を一階の真ん中あたりの席へ案内した。

冬の露天——しかも大寒の日の露天はさすがに寒い。とはいえ、幸いなことに天気はよいので、昼間であれば耐えられないほどではなかった。

「十一月の八百屋お七はとても面白かったです。あの辺の席で見たんですけど」

と、伊一郎が少し右寄りの席を指さして言った。二人は芝居を見るのが二度目だという。

「今日のお芝居はどういう話か、藍之助さんは知っているんですか」

伊一郎が尋ねてきた。上野介と一緒の時はおとなしくしていたが、本来はなかなか活発で口数の多い若者のようだ。藍之助もそういう若者は嫌いではない。

「ああ。見るのは初めてだが、お殿さまからおおよその筋書きをお聞きしたからね」

「吉良さまが教えてくださったんですか。お優しいお方なんですね」

伊一郎が感銘を受けたように呟き、藍之助は気をよくした。そこで、伊一郎にも話の筋をざっと教えてやることにした。芝居に慣れていないと、筋が理解できず、面白さを味わえないことがある。

「この芝居は能の『望月』を元にしてるんだが、主役は甲屋《かぶとや》という宿の主でね。望月というのは、仇討ちによって命を落とす男の名なんだ」

「えっ、望月が主役じゃないんですか」

伊一郎が首をかしげた。そこは藍之助も疑問に思ったところで、能の「望月」でも同じく、望月は仇討ちによって死ぬ悪役なのだ。どうしてそういう命名になったのか、もちろん藍之助は上野介に尋ねた。すると、能ではそういうこともあると教えられた。

何でも「葵上《あおいのうえ》」という能では、葵上は主役のシテではなく、シテの六条御息所《ろくじようおみやすどころ》にしてやられる側の者なのだとか。しかも、葵上は舞台上に置かれた布団で寝ているふうに繕われるだけで、演じる役者さえいない。そんな人物の名が演目名になっていることに、藍之助は本当に驚いた。せっかくなので、意気揚々と伊一郎にそのことを教えてやった。

「そうなんですか」

伊一郎は目を輝かせて、話を聞いてくれる。こういう反応をされると、まるで自分が物知りになったようで、いい気分であった。しかし、そこで上野介から日々言われている言葉を思い出し、藍之助ははっとなった。

――他人の言葉をそのまま口にして、いい気になるなど愚かなことだ。お前はそういうところがあるから、気をつけねばならぬ。

まさに今がそれだ。

「いや、それもお殿さまから教えていただいたことなんだがね」

藍之助は付け加えたが、伊一郎の目の輝きは鈍ったりしなかった。藍之助は気を取り直して、「望月七変化」の話を再開した。

都に暮らす望月は、ある時、親族であり家臣でもある安田友春《やすだともはる》に死を命じる。友春の家臣である太郎に首を刎《は》ねるよう命じるのだが、太郎はどうしてもそれができない。こっそりと友春を逃がし、望月に対しては「安田友春を斬りました」と偽の報告をした後に出奔《しゅっぽん》。太郎は田舎で甲屋という宿を営んで、暮らしを立てるようになる。

その後、友春は死んだと信じているその妻子が、太郎の営む宿と知らずに甲屋へやって来た。何と、妻子は友春が死んだものと信じ、望月を仇《かたき》として付け狙っているという。

本当は友春が生きていると教えてやるべきかどうか悩む甲屋の太郎。そこへ、偶然にも望月が現れ、甲屋に泊まる。そのことを知った友春の妻は盲目の女芸人に化け、宴《うたげ》の席で望月に近付き、仇討ちを果たそうとするのだ。

この席で、妻と子は芸人として歌舞を披露し、甲屋も何とかして仇討ちを止めようと剣舞を披露。さらには、事の次第を知った友春自身が甲屋へ駆けつけて大波乱に――。

ここで、登場人物たちがさまざまな姿に変化《へんげ》していく場が見どころになっているのだとか。

「それでは、その友春という人の妻子は、最後はちゃんと友春と再会できたのですね」

おかねがしみじみした様子で口を挟んできた。おかねは友春の妻子に、自分の身を重ね合わせたのだろう。

実は、本来の能「望月」では、友春が初っ端《しょぱな》から望月に殺されてしまう。だが、山村座の芝居では友春が死なない筋書きなので、それならばおかねたちを連れていってもよかろうと、上野介が判断したのであった。

ただし、今日の目的はおかねたちに、何となく彼女らの立場に似た人物が登場する芝居を見せることではない。本当に見せるべきものとは――。

「あ、お殿さまがお見えになりました。あちらの桟敷にいらっしゃいます」

藍之助は立ち上がり、二階の桟敷の一角へ目を向けて、おかねと伊一郎を促した。

「まあ、どちらに」

と、おかねが藍之助と同じ方角に目を向ける。

「あら、本当に。お連れの方もいらっしゃるのですね」

後から来た家臣たちが上野介と共にいるのを、おかねはしっかり見つけたようであった。

しかし、見てほしいのは彼らではなく、今、隣の桟敷から上野介の桟敷に入ってきた大柄の羽織《はおり》姿の男だ。

「今、お殿さまの桟敷に入ってきた人がいるでしょう?」

藍之助は慎重に言葉を継いだ。

「ええ。黒の羽織を着た方ですよね」

おかねも伊一郎も桟敷をじっと見上げ続けていた。

「あの方は、ここの芝居小屋に最も近い大茶屋の旦那です。巴屋さんと言うんですがね。先ほど寄ったかささぎさんとは違って、お武家衆や大店の旦那衆が贔屓《ひいき》筋《すじ》の役者を呼ぶのに使ったりするお茶屋さんです。ここの目の前にあった大きな店がそれですよ」

「そうなんですか」

おかねはそれまでとあまり変わり映えのしない反応を見せた。

「だけど、その大茶屋じゃあ、かささぎさんみたいに美味しい料理が安く食べられやしないんでしょう？」

伊一郎はかささぎの肩を持つような言い方をしたが、巴屋の主人に対しては特に興味を示さなかった。

（どう見ても、行方知れずの夫や親父を見た態度じゃねえよな）

藍之助はそう見定め、心にそのことを刻んだ。心なしか、上野介の眼差しがじっと自分に向けられているような気がする。

おかねと伊一郎に巴屋の主人を見せ、その反応を確かめること――それが今回の芝居見物の最大の目的だった。そのため、巴屋を呼びつけることのできる上野介が二階の桟敷に座り、藍之助がおかねたちを一階の席に案内するという労を取ったのだ。

己の務めは果たした。あとはこれを中山勘解由に知らせればいい。

藍之助はほっと安堵《あんど》の息を吐いた。

（んん？）

改めて巴屋の主人の顔をじっと見つめる。実は、藍之助とて巴屋仁右衛門を見るのは初めてなのだ。上野介が桟敷に呼ぶ手はずを知っていたのに加え、事前に素性や体形などを聞いていたから、あの男だろうとすぐに分かったのだが……。

その顔をよくよく見ると、どこかで見たことがあるような気がする。鋭い眼差しの、どこか抜け目がなさそうな――。

だが、よく思い出せないでいるうちに、巴屋の主人は上野介の桟敷から出ていってしまった。

その時、カーンカンカンと柝《き》の音《おと》が鳴った。

五

大寒の十二月六日は、昼間こそ日が照って何とか芝居も見ていられたが、夕方には急に寒さが増した。

「うー、せっかく粥で温まった体が、家に着く頃にゃ冷え切っちまうよ」

日が暮れてから帰っていく客たちは、戸を開けて寒風を浴びるなり、着物の前を合わせてぶるっと体を震わせる。

「明日からは少しずつ暖《あった》かくなりますよ」

喜八は外を歩いて帰る客に、そう言葉をかけた。

一年で最も寒い今夜を過ぎれば、あとは春へ向かってまっしぐらとなる。すでにひと月前の冬至を経て少しずつ日の出は早く、日の入りは遅くなってきていた。

最後の客を見送ってから暖簾を下ろすと、松次郎がとろとろ葛粥と芋と蓮根の煮物、くわいの丸煮、大根の漬物などを用意してくれていた。

「ああ、寒い晩はやっぱり松つぁんの粥だよな」

ここのところ、とろとろ葛粥を作ってもらうことが多い。客にも人気が高いが、喜八自身がすっかり気に入ってしまっていた。

「何たって、鬼勘が極上の粥と言ってるんだからな」

と、藍之助から聞いた話を松次郎自身に披露しながら、喜八は熱々の粥を葛入りの餡と絡めて、少しずつ口に運ぶ。旨味のつまったとろとろの餡が美味しいのはもう十分分かっている。だが、この餡のすばらしさはそれだけではない。粥の米と一緒になることで、米の甘味を引き出し、米そのものの美味しさを教えてくれるのだ。

「ん、何か今日は昨日までのと少し違っているか」

弥助も同じことを思ったのか、二人で目と目を見交わし、それから松次郎を見る。

「気づかれましたか」

「ああ。出汁がほんの少し甘酸っぱいっていうか」

「お気に召しませんでしたか」

「いや、むしろ俺はすごく美味いと思った。今までのもいいけど、これもいけるなって」

喜八が前のめりになって言うと、弥助もうなずいた。

「俺もいいと思います。これは酢醤油……いや、梅酢かな」

弥助は隠し味として使われている材料をあれこれ推量したが、松次郎は答えを口にすることはなかった。

「それより、松つぁん、これはお客さんには出さねえのか」

「いえ、若にご相談を、と思ったんですが」

「俺は出したらいいと思うよ。けど、新しく加えて粥が十種になるのもよくないか。初めに九種の粥を出すって言ったんだしな」

喜八が考え込むと、

「九種のまま、とろとろ葛粥を甲と乙に分けて、お好きな方を頼んでもらうようにしたらどうでしょう。甲はこれまで通りのもの、乙は少し違う味付けを試してみたい人にお勧め、ということで」

と、弥助が案を出した。

「おお、それはいいな。お前はどうしてそんなにいろいろと思いつくんだ」

「いいえ。新しい味を作り出したのは松のあにさんで、俺はただ考えることしかできません」

いつになく弥助は照れくさそうな表情を浮かべている。

「それがすごいって言ってんだよ。本当に、松つぁんも弥助も大したもんだ」

改めて喜八はこのかささぎを支えてくれる二人をねぎらった。本当に心の底から思う。

松次郎と弥助がいなければ、かささぎを今のような、皆に親しまれる茶屋にすることはできなかった。料理が美味いと客に慕われ、一日限りの催しをすれば常連客たちが大勢駆けつけて、注文してくれるような温かい店には――。

「二人のお蔭だ。俺がこの店を叔母さんから預かって、ほぼ一年、ここまでやってこられたのはさ」

いつかきちんと伝えなければ、と思ってはいた。本当はもっと心の準備もして、言葉も選んで――などと思っていたのに、思いがけない話の成り行きで、ついぽろっと本音が飛び出してしまった。

「ここまでこられたのは若のお蔭です」

松次郎が言い、弥助は大きくうなずいた。

「まったくです。この店を一生懸命盛り立てようと思えるのも、若が上に立ってくだされ
ばこそ」

「そう言ってもらえると、ありがたいよ」

喜八はくわいの丸煮へ箸を伸ばした。

「二人とも……いや、かささぎ組の皆はさ、親父が俺に残してくれた大事な宝物だから
な」

父大八郎の好きだったくわいの丸煮はほろ苦い味がする。

「その、若」

寡黙な松次郎がいつになく何か言いたそうな顔つきをしていた。

「何だよ、急に」

「あっしがここにいるのは、亡き親父さんへの義理だけじゃありませんで」

「どういうことだよ」

「それは、ええと……」

どう言えばいいのか分からず、もどかしいといったふうに見える。

「ただ、若の下で働きたいから、ここにいるということでしょう、あにさん?」

弥助が松次郎に助け舟を出し、「う、ああ。そうだ」と松次郎がきまり悪そうに応じる。

「俺も同じですから。若が亡き親父さんの倅《せがれ》であることも、俺の親父から若を守れと言われたのも事実ですが、俺が若のそばにいるのもそれが理由じゃありません。俺自身がそうしたいと思うからなんで」

何とも照れくさく、同時に嬉《うれ》しく、心がぽかぽかと温かくなってくる。自分が相手に抱いている信頼と慕わしさを、相手も返してくれるということの、何という喜ばしさ。

（親父も、かささぎ組の一人ひとりとの間に、そういう絆《きずな》を築いていたんだろうな）

自分も弥助と松次郎との間に、それを築けていると思っていいのだろうか。とても大きくて遠い――そう思ってきた亡き父の背中に、少しは近付けたと思っていいのだろうか。

「ありがとな、松つぁん、弥助」

喜八は二人に言い、それから残っていたくわいを勢いよく口の中へ放り込んだ。ほくほくした苦みのある味の中から、ほのかな甘みが優しく伝わってきた。

翌七日、喜八は心地よい気分で目覚めた。弥助が朝炊いてくれた飯を、松次郎が作り置いてくれた煮物で食べる。味噌汁は朝方、棒手振《ぼてふ》りから買ったという冬菜入りだ。

「何か、昨晩、近くで事件があったとか。棒手振りの甚兵衛《じんべえ》さんが言ってました」

弥助が雑談という雰囲気で話す。

「事件って、喧嘩《けんか》でもあったのか」

「さあ、くわしい話は甚兵衛さんも知らないようでしたが」

その時はそれ以上の話にならなかったのだが、朝餉を終えて、その片付けにかかろうという頃、松次郎がいつになく慌てた様子で駆け込んできた。

「わ、若、弥助っ！」

松次郎がこれほど動じているのを見たことはない。

「どうしたんだ、松つぁん」

「幽霊でも見たような顔をしていますよ」

喜八と弥助が驚いて訊き返す。松次郎はそれぞれの顔を穴の空くほど見つめた後で、ようやく大きな息を吐き出した。

「事件があったって耳にしやして」

「あ、それって甚兵衛さんからも聞きましたけど、場所は近いんですか」

「いや、あっしもちらっと耳に挟んだだけで」

ちらっと耳にしただけで、こうも焦るとはどういうことか。喜八がそう思っていたら、松次郎は少しきまり悪そうに目をそらし、

「人死にが出たと聞きましたんで。それも、男が二人と――」

と、ぼそぼそした声で言った。

「それで俺たちじゃないかと思ったのか」

喜八が少しあきれて呟くと、

「まあ、昨日、松のあにさんが帰ってから、湯屋に行くと言っていたから、それを思い出されたんでしょう」

と、弥助が松次郎を庇《かば》うように言った。

確かに、昨晩、松次郎が帰った後、弥助と二人で湯屋へ行った。湯屋へは毎日行くわけではないし、行水で済ませてしまうことも多い。

ただ、昨晩はさすがに寒いなと言い合い、湯屋へ行こうかという話になったのである。

もっとも、せっかく温まった体も帰ってくるまでの間に、すっかり冷えてしまったが……。

それでも、布団の中に入ると、体の奥の方に残っていた温もりがじわじわと勢いを取り戻して、体に広がっていくのが感じられ、やはり湯に入るのはいいものだ、などと思ったのであった。

「けど、あの行き帰りはどこもしんと静かだったよなあ」

「はい。事件が起こったのはあの後のことかもしれませんね」

一年で最も寒い夜、外で死ななければならないとは、何の因果であったのだろう。

男が二人死んだということの他、何か聞いていないのかと松次郎に尋ねても、喜八と弥助のことが気がかりで、それ以上のことは聞かず、一目散に走ってきたという。

「まあ、この近くの事件ならば、鬼勘がすぐにでもやって来るでしょう」

弥助の言葉に、それもそうだと喜八は思った。鬼勘でなくとも、物見高い客たちが話を聞かせてくれるだろう。

喜八はふだん通りに店を開ける準備を始めた。

事の真相は思った通り、かささぎへやって来た客の口から聞くことができた。死んだのは二人とも三十路《みそじ》ほどの男で、武士ではないという。それぞれ短刀で互いを突き刺し、倒れていたのだとか。発見したのは見回りをしていた侍で、亡骸《なきがら》は夜のうちに片付けられたそうだ。

その亡骸が発見された場所とは、太刀売稲荷ということであった。

六

喜八が茶屋の客から、太刀売稲荷で死んだ二人の男の話を聞いていた頃、同じく巴屋でも仁右衛門が手代の新吉《しんきち》から遺骸発見の話を聞いていた。

今日は客から気になる話を聞いたら、すぐに知らせに来いと命じておいたのだ。

「太刀売稲荷で男が二人、互いに突き刺し合って死んでいたそうです」

「昨夜のことだな」

仁右衛門は胆の据わった声で訊き返した。まったく動じぬその態度に、新吉は訝《いぶか》しい気

持ちを抱いたようだが、すぐに目を伏せると、

「はい、昨晩です」

と、素直に答えてきた。

「場所は太刀売稲荷で間違いないのか」

「はい。旦那さんがたくさん寄付をした神社ですのに、敷地内で人死にとは、まったく死神にでも憑《つ》かれたのでしょうか」

「死んだのは二人なんだな」

「はい、そう聞きました」

「分かった。もうよい」

仁右衛門は新吉に部屋から出ていくよう告げた。

間違いない。死んだのは殺しを請け負う嶋三《しまぞう》だ。人を殺しに出向いて、自分が殺されるとは情けない。だが、まあ、それだけ相手が必殺の覚悟で臨んできたということだろう。

嶋三は相手がただの奉公人ふぜいだと油断していたのだ。

（まあ、これで邪魔な男が死んでくれた。嶋三の死は惜しいが、代わりは他にもいる）

仁右衛門は唇の片端を吊り上げ、にやっと笑った。

鬼勘と小寅がかささぎに連れ立って現れたのは、その日の暖簾を下ろす間際のことであ

る。厳しい寒さは昨晩と変わらない。

「ううっ、寒くて風邪をひきそうだ」

小寅が少し大袈裟に両腕をこすりながら言う。

「寒九の粥を頼む。二人分のお菜を適当に見繕ってくれ」

鬼勘は寒さなど物ともしない様子で、席に着くなり平然と告げた。

「あ、あっしは玉子粥でお願いします」

小寅は前に来た時に食べたのが気に入ったのか、同じ注文をする。

「寒九の粥は今日から二種の味を出していまして、今まで通りならば甲を、少し違った味付けをお望みならば乙をお選びください」

喜八が説明すると、鬼勘は「そういうことなら乙を頼もう」と迷わず答えた。

「ところで」

注文を受けた喜八が下がろうとするのを引き留め、鬼勘が続ける。

「太刀売稲荷で人死にが出たのは、知っておるか」

まだ他の客も残っていたが、これは今日一日大っぴらに話されていたことだからか、鬼勘の声は抑え気味というわけでもなかった。

「はい。お客さんから噂《うわさ》を聞いた限りですが」

「ふむ。この辺りも物騒になったものよな」

鬼勘は独り言のように言って、一瞬、喜八の目をじっとのぞき込むと、すぐに目をそらした。これは、そのことで何か話があるという合図だ。もっとも、この遅い時刻に小寅と一緒に現れれば、合図がなくても察しはつくというものだが……。

「しばらくお待ちを」

喜八は言って、調理場へと向かった。

それから、二人分の粥の他、衣揚げの盛り合わせにくわいの素揚げ、蓮根と蒟蒻《こんにゃく》の煮物などを、鬼勘たちの席に運んだ頃には、他の客はいなくなっていた。

さすがに寒いせいか、客が家路へ就くのも早いようだ。喜八と弥助は相談の上、この日は早めに暖簾を下ろし、鬼勘と小寅に付き合うことにした。

「うわ、こんなにたくさん、ご馳走になっていいんですかい？」

小寅は卓上に並べられたお菜の皿に目を輝かせている。

「うむ。足りなければ追加してもよいぞ」

鬼勘は太っ腹なところを見せた。

「あ、なら、中山さまと同じお粥を、あっしももらっていいですか」

小寅は遠慮がちなそぶりなどまったく見せない。

「前にいただいた玉子粥があんまり美味しかったんで、何も考えず注文しましたが、そちらのとろとろの餡を見てたら、こう、涎《よだれ》がじゅるっと……」

「好きにいたせ。だが、まずは今の粥を平らげてからにするがよかろう」

鬼勘がしゃべってるうちにも、小寅は玉子粥を口に運び続け、あっという間に平らげた。それからすぐに「中山さまと同じ粥を」と追加の注文をしている。

「あ、待て。おぬしはこの粥が初めてだろう。ならば、甲から頼んだ方がよい」

乙は乙でよいが、まずは甲から試すべきだと、鬼勘なりの助言であった。

「なら、甲を食べた後で、乙をおかわりさせてもらっても？」

尽きることのない小寅の図々しさと食欲にいささかあきれつつ、鬼勘はまたしても「好きにいたせ」と返事をしている。

小寅のとろとろ葛粥の甲はすぐに出てきた。

「いやあ、このとろっとろの出汁の餡、香りもいいが透き通った見た目もいい。そんで、お味は――っと」

調子よくしゃべりながら、餡をかけた粥を口に運んだ小寅は、目を真ん丸に見開いた。

「こりゃまた、何と！」

「ああ、私はおぬし以上に分かっておるから、いちいち語ってくれなくてよい。静かに食べよ」

鬼勘が小寅を黙らせたところで、喜八たちの夕餉の支度も調った。それを鬼勘たちの隣の席へ運び、松次郎もそろったところで、食事をしながら鬼勘の話を聞くことになる。

喜八はくわいの素揚げにまっすぐ箸を伸ばした。くわいを見る度、父を懐かしむのはいつものことだが、今は同時に喜世のことが思い出される。鬼勘への書状を預かった際、喜世がそれ以外のことで何か話していなかったかと、鬼勘に問われた時のことも。とはいえ、事情を訊いたところで答えてはくれないだろう。

その鬼勘は寒九の粥を食べ終えると、匙を置き、話すことに専念するようであった。

「太刀売稲荷で死人が出た件については後ほど触れるが、まずはこの小寅がつかんできた話からだ」

そう切り出して、鬼勘はちらと小寅を見たが、小寅は食べるのに夢中で、自分から報告するつもりはないらしい。鬼勘はこほんと咳払《せきばら》いすると、「すでに知らせは受けたので、私から話すが」と前置きした後、話し出した。

「川崎宿で仁一郎のもとにいた『きいさん』という男だがな、茶屋で急死した旅人の持ち物を手に姿を消したと考えられる。盗んだか、その旅人本人から頼まれたかは分からぬ。片や、巴屋仁右衛門が萬屋清兵衛の力添えで、今の大茶屋を手に入れたのはそれから半年と経たぬうちのことだ。ここに何らかのつながりがあるのではないかと思ったゆえ、小寅には萬屋清兵衛の周辺を探ってもらった」

鬼勘はいったん口を閉ざし、再び小寅の方を見やった。小寅は鬼勘と目を合わせたものの、口を動かしたまま、うなずいている。

鬼勘は小寅に語らせるのをあきらめ、再び口を開いた。

「その結果、はっきり分かったのは、同じ頃、仁一郎という男が萬屋に『好色五人女』の版木《はんぎ》の一部を届け、萬屋がたいそう感謝したことだ。仁一郎はそのまま萬屋の食客《しょっかく》のような扱いとなり、やがて萬屋の支援で巴屋を買い取り、名を仁右衛門と改めた」

「『好色五人女』の版木……？」

喜八は先月の顔見世芝居のいざこざを思い出し、呟いた。「うむ」と鬼勘は渋い顔をしている。

「萬屋清兵衛は『好色五人女』の版元となる権利を買い、版木を江戸へ運ばせたのだろう。権利を買った者だけが版元となって本を刷れるわけだが、萬屋と競い合う者がいたのだな。その者たちは版木を奪おうとしていたらしい」

「でも、版木を奪ったところで、権利がなければ刷れないんですよね」

「刷ってしまえばこちらのものと考えたのだろう。先に刷れば、正式なものが出るまでは稼げるしな。そこまでしなくとも、萬屋の邪魔ができればいいという考えだったかもしれん。版木を失《な》くすという失態を犯せば、次は萬屋に版元の権利が渡らなくなる」

「なるほど」

「ま、そういう邪魔があったから、途中で命尽きた使いに代わり、版木を届けてくれた仁一郎――おっと、これは偽者ですがね――に、萬屋は感謝したんでさあ」

その時、一通りの食事を終えたらしい小寅がせかせかと話に割って入った。

「ところで、とろとろ葛粥の乙をいただいても？」

「この話が終わってからにいたせ」

食事中の喜八たちを見やりながら、鬼勘が小寅を制する。小寅も支払いを持つ鬼勘には逆らわず、促されるまま、話の続きをした。

「本物の仁一郎はその頃、まだ川崎宿にいましたから、江戸で仁一郎を名乗り、萬屋へ版木を届けたのは偽者で間違いありません。これが例の『きいさん』なんでしょうが、なぜ本名を名乗らず仁一郎と名乗ったのかは分かりません。この時、仁一郎の素性まで横取りしてるんですが、それも不明ですね」

「けど、巴屋の主人がそのきいさんで、ほぼ間違いはないんだろう。だったら――」

喜八が箸を置いて、鬼勘に体を向けると、鬼勘は渋い表情で首を横に振った。

「いや、少なくとも巴屋の本物の素性をつかんでからでなければ、言い逃れられる恐れもある」

一呼吸置いてから、おもむろに口を開く。

「そこで、一芝居打たせてもらった」

「どういうことですか」

喜八は目を剝いた。

「昨晩の人死にの件だがな、実は誰も死んでおらぬ」

「わざと死んだという噂を流したってことですか」

「その通りだ。これから死人は澤屋の鹿之助だったという噂が流れるが、信じるでないぞ」

喜八は弥助と顔を見合わせた。鬼勘の話はさらに続く。

「実は、鹿之助を装って巴屋に書状を送り付けたのだ。『大寒の夜九つ（午前零時頃）、太刀売稲荷へ来い。さもなくば、おぬしが義兄仁一郎でないことを町奉行に届ける』とな。これは巴屋にとって放っておけぬ事態であろう」

「それで、巴屋さんを釣れたというわけですか」

「本人が来るわけあるまい。そこは織り込み済みよ。あの男は刺客《しかく》を代わりに行かせると踏んだ。その刺客を生きて捕らえることが、こちらの狙いよ」

鬼勘は得意げににやっと笑ってみせる。狙い通り、刺客を生きて捕らえることに成功したのだろう。

ちなみに、この度の一件に、鹿之助本人はまったく関わっておらず、おそらく事件が起きたことすら、まだ知らないだろうとのこと。だが、巴屋は鹿之助が死んだと思い、油断しているだろう。その油断を誘うこともまた、今回の狙いの一つだと、鬼勘は言った。

「そこで、いよいよ本物の芝居だ」

鬼勘はにやにやしながら、喜八と弥助を交互に見る。その狙いは容易に読み取れた。

「本物じゃなくて、偽の芝居でしょう？」

溜息混じりに切り返すと、「ふむ」と少し考え込んだ鬼勘は、

「言葉を間違えたようだ。本物も偽物もない、おぬしらの芝居だ」

と、言い直した。

「断れないお話のようですから、くわしくお聞かせください」

喜八が居住まいを改めて言ったところへ、「遅くなりました」と表の戸がいきなり開いて、六之助が現れた。

「狂言作者が来たな」

と、鬼勘が言う。六之助のことは鬼勘が呼んでいたらしい。

「ま、ひとまず狂言作者の食べ物を頼む。今日は私の払いでな。くわしい話はその後としよう」

「あ、あっしのとろとろ葛粥の乙もお願いしますね」

鬼勘の言葉に続いて、小寅が小気味よく言った。

# 第四幕　月輪七変化《つきのわしちへんげ》

一

萬屋清兵衛が木挽町の小茶屋かささぎに足を運んだのは、十二月も半ばの忙《せわ》しない頃であった。狂言作者の東儀左衛門から芝居見物に誘われ、かささぎで待ち合わせようと言われたのだ。

十二月の芝居「望月七変化」はすでに見た。そもそも、これは去年、儀左衛門自身が書き上げた作で、二度目の興行である。清兵衛は去年も見た上、今年もすでに一度見ていた。

そう何度も見るつもりはなかったが、あの京ことばでまくし立てられると、何やらわけが分からぬうちに承知させられてしまった。まあ、芝居見物はかまわない。

どうして待ち合わせの場所が小茶屋のかささぎなのか。儀左衛門はかささぎの常連らしいが、「好色五人女──八百屋お七の巻」の台帳を書き出してからは、頻繁に巴屋に出入りしていたはずだ。巴屋の方が芝居小屋に近いし、何かと便がよいというのに……。

しかし、それを言っても、巴屋は肩が凝るだの、客層が上品すぎて落ち着かないだの、あれやこれやの理由を並べ立ててくる。いい加減、相手をするのが面倒になり、最後には「ああ、承知しましたよ」と言ってしまった。

かくして清兵衛はかささぎの暖簾《のれん》を割って、店へ足を踏み入れる。

「いらっしゃいませ」

声をかけてきたのは、意外なことに女の艶《あで》やかな声であった。

「おや、おもんさんがこちらにおいでとはね」

清兵衛はおもんの笑顔に、自らも表情を和らげた。

もちろん、おもんのことは藤堂鈴之助の伴侶《はんりょ》としてよく知っている。芝居小屋で何度も顔を合わせていたし、言葉も交わす間柄だ。彼女が小茶屋かささぎの女将《おかみ》であることも、今は店を甥《おい》の喜八に任せていることも知っていた。

それでも、巴屋があれこれ言い出したりしなければ、清兵衛がかささぎを気にすることなどなかった。おもんが女将として店を切り盛りしていた頃も、足を運んだことはない。

「前に、いらしてくださったと聞きましたが」

「ああ、九月の頃だったかね。甥御さんがもてなしてくれた」

清兵衛は穏やかに応じた。

「至らぬところが多かったでしょう。すみませんねえ」

「そんなことはない。品書きにない注文でもすぐに用意してくれた」

正確には品書きにあったかどうかすら確かめていない。ただ、四の五の言わずに麦飯ととろろ汁を用意してくれたのは事実であった。

「とろろ汁は今日もございますよ。麦飯もございますが、芋粥《いもがゆ》としてお出しすることもできます」

おもんは清兵衛を奥の席へ案内しながら言った。最も奥の端の席には、儀左衛門がすでに座っていて、粥をすすっていた。

「萬屋の旦那《だんな》はん、お忙しいところ、ありがとうさんどす」

儀左衛門が頭を下げた。

「すんまへんが、お先にいただいております。まだ暇もありますよって、旦那はんもここで何ぞ召し上がったらどないどす」

「では、おもんさんの勧めてくれた芋粥をいただこうか」

清兵衛は注文し、おもんが去ってから、儀左衛門に話しかけた。

「『望月七変化』の客の入りは悪くないそうだね」

「へえ。せやけど、十一月よりは落ちてるようどすな」

「まあ、顔見世は東先生の新作で勝負したからね。今月は去年と同じ演目だし、十二月は忙しくて芝居どころじゃない人も多いだろう」

忙しい十二月に呼び出したことへの嫌味を含んでいたが、儀左衛門には通じていない。平然と粥をすすり続けているその顔を見ているうち、わざととぼけているのかという疑念が湧いた。

そうこうするうち、芋粥が届けられた。

「ほう」

山芋は清兵衛の好物である。いや、好き嫌いを云々《うんぬん》するよりも、なければ落ち着かない類《たぐい》のものだ。一年を通して食べられないのが残念ではあるが、出回る時期は毎日必ず口にする。幸い、収穫後も保存の利く食材なので、長い間食べられるという利点もあった。

「おお、これはもち麦を使っているのか」

てっきり白飯の粥かと思っていたが、もち麦の粥を供され、清兵衛は気をよくした。儀左衛門がすすっていた粥の米は白米だったから、特別に用意してくれたものか。

もっちりしたもち麦の嚙《か》み心地が実にいい。また、今の季節の山芋は、年が替わってから収穫されるものより粘り気がなく、瑞々《みずみず》しくてさっぱりとした舌触りである。それがもち麦の弾力ある歯触りとよく合っていた。

「これはいい。まるで私の好みにそのまま合わせてくれたようだ」

そんなことはないと分かっているが、つい口が滑ってしまうほど芋粥は美味《おい》しく、来てよかったと思えた。とその時、すでに食事を終えていた儀左衛門と目が合った。自分が芋粥を気に入ることを見透かされていたようで、ほんの少し不気味だ。儀左衛門はそんな清兵衛の内心すら読んでいるかのように、

「ほな、山村座へ行きまひょか」

と、立ち上がって、清兵衛の気をそらしてしまう。人に乗せられたり操られたりするのが嫌いな清兵衛としては、若干不快であったが、

「行ってらっしゃいませ」

と、おもんに見送られ、表通りを歩くうちにそれも霧散した。

(もう八年も前のことになるのか)

ふと、自分のもとに『好色五人女』の版木《はんぎ》の一部が届けられた時のことを思い浮かべる。清兵衛にとって、井原西鶴の『好色五人女』の版元になれたのは、大きな利をもたらす出来事であった。権利を買い取ったものの、つつがなく江戸で本を出すまでは安心できない。清兵衛と競い合っている同業者――いや、同業者まがいのならず者が足を引っ張ろうと待ち構えていたからだ。

今か今かと版木の到着を待っていた時、それを届けてくれたのが今の巴屋仁右衛門であった。当時は、伊勢の仁一郎と名乗っていた。もともと聞かされていた届け役の者はどう

したのかと尋ねると、川崎宿で倒れてしまったというではないか。

仁一郎は街道茶屋の主人で、店で倒れた届け役から「これを何としても日本橋の萬屋清兵衛店《だな》へ届けてくれ」と頼まれたそうだ。

届け役は川崎宿の旅籠屋《はたごや》に預かってもらったそうだが、その際、薬代に加え、万一に備えての葬儀代まで要求されたとか。手持ちが少なかった届け役の代わりに、仁一郎が十両を立て替えて旅籠屋に置いてきたそうだ。

仁一郎は見た目こそ抜け目がなさそうだが、意外にお人好しなのだと清兵衛は思った。大坂の版元である森田庄太郎店《もりたしょうたろうだな》に問い合わせれば、その届け役の身内に知らせてもらえるだろう。それは自分の務めだし、もちろん仁一郎が旅籠屋に置いてきた金も用立ててやらねばなるまい。仮に、その届け役が死んでしまっていたとしても。

版木が無事に届いたことで、清兵衛は大きな利を得られたので、仁一郎には報いてやるのが筋というものだった。

そこで、仁一郎には立て替えた十両に礼金十両を添えて渡してやり、川崎宿で届け役の始末がついたら江戸へ来ないかと誘ってみた。すると仁一郎は、かつて江戸で茶屋の商いに失敗したことがあり、以来、再起を期していたのだと言う。それならば金の工面をしてやってもいいと持ちかけると、仁一郎は静かに目を伏せ、考え込んでいた。

その後、仁一郎は川崎宿へ帰っていき、数日後に再び江戸へ出てきた。例の届け役は死んでしまい、無縁仏として埋葬されてしまっていたとか。さらに、旅籠屋に預けてあった十両も返してもらえなかったという。

この時、仁一郎は街道の茶屋は畳んできた、もう一度、江戸でやり直したいと言った。それならば約束通り、茶屋を持たせてやろうと清兵衛は考え、それまで仁一郎を自分のもとに寄宿させることにした。

初めは、門前茶屋か芝居小屋に近い小茶屋あたりを買い取ってやるつもりであった。ところが、なかなか条件の合う売り物が見つからない。

そうこうするうち、木挽町の大茶屋が買い手を探しているという話が耳に入ってきた。奉公人ごとすべて買い取ってもらいたがっており、買い手が一度つきかけたものの話が壊れたのだとか。店を閉めることは芝居小屋との関わりから難しく、いくばくか売り値は抑えても、とにかく店を営み続けてくれる買い手を望んでいるそうな。

その話を聞いた時、茶屋を営んでいた仁一郎なら都合がいいと思った。とはいえ、前に江戸で失敗した経緯《いきさつ》もあるし、畳んできたという街道筋の茶屋など、小さな店だったに決まっている。芝居小屋の大茶屋を営む器量が、果たして仁一郎にあるかどうか。

ところが、話をしてみると、仁一郎はその茶屋が欲しいと言い出した。版木を届けてくれたお人好しの風情は薄れ、抜け目のなさが前面に出ていたが、商売人としては悪いことでもない。

念のため、前に茶屋を営んでいたという神田周辺と、川崎宿へも人をやり、茶屋の評判について調べさせた。どちらも特に悪い評判は聞かず、神田での失敗は不慣れな土地での経験不足によるものだったようだ。それでも、すぐに見切りをつけ、川崎宿へ移って経験を積もうとした決断はなかなかだと、清兵衛は思った。

そこで、巴屋を買い取り、仁一郎を主人に据えてやった。ただし、所有者は清兵衛だ。沽券《こけん》は今も清兵衛の手もとにある。

大茶屋の主人とは行き当たりばったりで務められるものではない。武家や豪商を客として扱う以上、それなりの品性や教養が求められる。どちらも仁一郎には足りなかったが、清兵衛が算盤《そろばん》勘定から芝居や茶道の基本を教え込み、茶屋の主人として何とかごまかせる程度には仕立ててやった。名も大茶屋の主人にふさわしく仁右衛門と改めさせた。

――これまでのことで、私に嘘《うそ》などは吐《つ》いていないだろうね。

巴屋を任せる直前、清兵衛は仁右衛門本人に最後の念押しをした。仁右衛門自身からは伊勢国、紀州藩の飛び地である西黒部村の出身で、妻子はおらず、両親もすでに亡くなったと聞いている。さすがに紀州まで人をやって調べさせてはいない。

――萬屋の旦那は私の父も同じと思っています。嘘を吐いたりするものですか。

仁右衛門のその言葉を、清兵衛は信じた。

ただ、何かが引っかかっている感じはあった。特に疑う理由もないのだから、単なる直感である。仁右衛門は自分に隠し事をしているのではないか——この八年、その疑念が完全に晴れることはなかった。

こんなことを考えるうち、清兵衛たちは芝居小屋に到着した。儀左衛門に案内されて桟敷《さ じき》へ向かう。その席の隣に、桟敷にはあまり似つかわしくない身なりの女と若者が座っていた。

「ああ、あんたらがおかねはんと伊一郎はんやな」

儀左衛門が女と若者に声をかけた。どうやら初対面だが、名は聞いているという間柄のようだ。特に引き合わせられることもなかったので、清兵衛は二人から目をそらした。

少し離れた桟敷に中山勘解由の姿があった。時折、店へやって来て、売り物の書物を疑わしい目で見ていくので、あまり見たい顔ではない。目をそらそうと思った時、見慣れた顔が目路《めじ》に入ってきた。

巴屋仁右衛門が中山勘解由の桟敷へ現れたのである。

正座した巴屋が謙《へりくだ》った表情でしゃべっているが、声までは聞こえない。やがて、巴屋が立ち去ろうとすると、鬼勘がそれを引き留めるような様子が見えた。巴屋の表情に焦りが浮かんでいる。

その時、清兵衛の中で、先ほど思い出した八年前の直感が急に生々しさを帯び始めた。

しばらくすると、巴屋が立ち上がり、清兵衛たちの方へ向かってきた。

「萬屋さんに東先生。今日はようこそお越しくださいました。あとで巴屋にもお寄りいただければありがたいです」

巴屋の挨拶《あいさつ》が終わると、さっそく清兵衛は尋ねた。

「中山さまに呼び止められていたようだね」

「はい、一緒に芝居を見ようと誘われました。店があるから無理だと申し上げたのですが、どうあってもと強くおっしゃられて」

「そりゃ、中山さまの言う通りにした方がええんと違いますか」

不意に、儀左衛門が割って入ってきた。

「……まあ、見ないと一生悔やむことになるであろう、と脅されましたのでね。ご一緒することにいたしましたよ」

渋い表情になって、巴屋は言った。一生悔やむとはまた、大仰《おおぎょう》な物言いである。中山勘解由がそこまで言うということは、よほどのことがあるのだろうか。

「今日の芝居は特別な趣向でもあるのかね。四代目からは何も聞いていないが……」

清兵衛が巴屋に尋ねると、巴屋も「私も特には……」と首を横に振る。続けて儀左衛門にも目を向けた。儀左衛門は、今日の芝居に清兵衛をしつこく誘ってきた張本人だ。

両名にどんなつながりがあるのかは見当もつかないが、何かにおう。

しかし、考えても分からず、巴屋は不安と不愉快さを取り混ぜたような目の色のまま、中山勘解由の桟敷に戻っていった。

巴屋が中山勘解由の隣に座ったその時、ちょうど柝《き》の音《おと》が鳴り始めた。

カーン、カン、カン、カン……。「望月七変化」の幕が開ける……はずであった。

二

すでに何度も見た芝居なので、清兵衛はすぐに気づいた。これは自分の知っている「望月七変化」の芝居ではない、と——。

本来ならば、主役の太郎が「安田友春を斬れ」と、望月に命令されるところから芝居は始まる。太郎はどうしてもそれができず、友春をこっそり逃がして、自らも出奔《しゅっぽん》するのだ。

ところが、今、舞台に登場したのは月輪《つきのわ》と呼ばれる盗賊の男。追われている月輪は、甲屋という街道茶屋に逃げ込んだ。

「弥助さんよー」

「がんばって」

いつもと違う声が一階席から上がり、清兵衛はよく目を凝らした末に、月輪を演じているのがかささぎで働いている若い男だと気づいた。弥助という名前も、前に巴屋から聞かされたことがある。

巴屋はこのことを知っているのかと、そちらへ目をやれば、前のめりになって舞台に見入っていた。傍らで落ち着き払っている中山勘解由と正反対だ。

ふと東儀左衛門に目を向けると、こちらも動じていなかった。片や、隣の桟敷の二人連れ――おかねという女と伊一郎という若者は互いに顔を見合わせている。

その時、一階席から再び、歓声が上がった。

「喜八さーん」

「いよっ、かささぎ屋」

などという声である。舞台を見れば、新たな役者が登場していた。

（なるほど、かささぎの若旦那か）

と、先ほどよりは落ち着いて、清兵衛はその男を見つめることができた。

喜八が演じているのは甲屋の主人で、弥助演じる月輪を客として迎える。

「旦那、あっしは今、悪い連中に追われてましてね。どうかかくまってくださいよ」

月輪の口の利き方はならず者っぽいのだが、喜八演じる甲屋の主人は言われたことをそのまま信じてしまう。

「でしたら、こちらへ隠れていてください」

と、家の奥の部屋へと隠し、何食わぬ顔で後から来た追手《おって》の男たちを迎える。追手の男たちは菅笠《すげがさ》を被って刀を携えていた。

いってしまった。


「今、ここにならず者の若い男が来なかったか」

「あちらへ走っていくのが見えました」

甲屋は月輪や追手たちが来たのと反対の方向を指さす。追手の男たちはそのまま駆けていってしまった。

さて、その後、弥助演じる月輪と喜八演じる甲屋は互いの素性を語り合い、月輪は金もないので、ここに置いてもらえないかと図々しいことを言う。気のいい甲屋は「それじゃ、うちの茶屋を手伝ってください」と言い、月輪は茶屋に住み着き始めた。


茶屋で働く二人の姿は、いかにも現実《うつつ》の二人を髣髴《ほうふつ》させるのだが、やがて茶屋へやって来た客が急病で倒れたのを機に、芝居は緊迫した。それまでは素人芝居が――と侮っていた清兵衛だが、客役を演じているのは本物の役者で、その演技力もあってか、ついつい芝居に引き込まれてしまった。


「お客さん、しっかりしてください。ただ今、お医者さまをお呼びしますから」

甲屋が言うと、客の男は「そんなことより」と甲屋の袖《そで》をつかむ。

「私はどうしてもこれを江戸の店へ届けなければならない。とても大事なものなんだ」

と、這《は》ってでも江戸へ行こうとするのだった。

「無茶なことを。その品は誰かに託しましょう。あなたはここで休んだ方がいい」

「いや、誰彼なく頼めるような代物じゃないんだ」

客の男は蒼《あお》ざめた顔で、息も苦しそうなのに、決してあきらめない。

「いったい、その代物《しろもの》って何なんでさあ」

居候の月輪が何やら獲物のにおいでも嗅《か》ぎつけたふうに、話に入っていく。

「届けるのはこの書状だ。日本橋の井原屋《いはらや》という店に……」

と、懐から書状を取り出したところで、客の男は気を失ってしまう。

「しょうがねえなあ。それじゃ、俺が井原屋まで届けてやるよ」

月輪が言い出した。

「本当にいいのかい、月輪さん。おたくだって追われている身だっていうのに」

「あれからだいぶ経《た》ったし、旦那には助けてもらったからね。困った時はお互いさまよ」

月輪は恩着せがましく言って客の書状を預かると、江戸へ旅立つ。その道中でのこと。

「どれどれ、この書状には何が書いてあるのやら」

月輪は書状を盗み見る。そこに書かれていたのは、井原屋の取り引きに関する重要な案件だった。月輪はこれを利用して一儲《ひともう》けできないかと考え始める。

「いや、それよりも、井原屋に届けて恩を着せる方が得か」

考え直した月輪は、予定通り江戸を目指すのだが、ここに一つ問題があった。

「俺は江戸を所払いになった身だ。その上、街道筋でも追われる身。ここはいっそ別人のふりをするのがいい。そうだ、あのお人好しの甲屋に成りすまそう。幸い、奴の素性はくわしく聞いた。名前は太郎で、伊勢松坂の出身だってな。妻子が故郷にいるとか言ってたが、訊かれた時に面倒くせえから独り身ってことにしておこう」

月輪は身分を偽る準備をしっかり整えると、何食わぬ顔で江戸へ入り込み、大店《おおだな》である井原屋の主人を訪ねていく。

「私の店で急に倒れたお客さんがこれを持っていましてね。とにかく、井原屋へ届けてほしいと必死になって訴えられたんですよ」

口の利き方も改めた月輪は、真面目《まじめ》な人柄を装って井原屋に伝えた。

「これは、うちの商いを左右する大事なものだ。あんたは私の恩人だ」

感謝する井原屋は月輪に礼がしたいと言い、それならば、と図々しい月輪は江戸での暮らしが立つようにしてほしいと願い出る。その後いろいろあって、井原屋は何と、月輪が江戸で茶屋を持つ手助けをすることになった。

「甲屋といい、井原屋といい、世の中、お人好しがいるもんだ」

と、月輪はほくそ笑み、

「俺が甲屋に成りすました以上、本物が生きているのはまずいよな」

と、街道筋に刺客《しかく》を送ることにした。

場面は変わって、街道茶屋の甲屋では、急病で倒れた客の男が亡くなり、甲屋が葬儀を出してやっていた。素性が分からないので無縁仏として葬ることになってしまったが、月輪が戻ってくれれば身内に知らせてやれるだろうと、甲屋は月輪の帰りを待っている。

そこへ現れたのは、月輪から送られた刺客であった。

甲屋は殺されかけるも、亡くなった客の霊が現れて、九死に一生を得る。一方の刺客は江戸へ舞い戻ると、月輪には「確かに甲屋を殺しました」と嘘の報告をするのだった。

何とか生き延びた甲屋は、刺客が再び現れることを恐れ、茶屋を捨てて姿をくらます。

さて、それから数年後。

甲屋太郎に成りすました月輪は、井原屋に買い取ってもらった大茶屋、輪島屋《わじまや》の主人に収まり、名も太郎左衛門《たろうざえもん》と改めていた。

この輪島屋へ、何と、本物の甲屋太郎の妻おすゑと息子の次郎が伊勢からやって来る。紆余曲折《うよきよくせつ》を経て、輪島屋の太郎左衛門の素性が夫のものだと知ったおすゑは、主人に会わせてくれと店へ駆け込むのだが、現れた主人はまるで別人。

「あなたは夫じゃない。夫の太郎はどこにいるの。どうしてあなたが……」

この時は店の奉公人たちに追い出されてしまうが、太郎左衛門が夫に成りすましたことに気づいたおすゑはその後、息子の次郎と共に、芸人に化けて宴《うたげ》の席へと紛れ込む。

ここで、太郎左衛門となった月輪に刃を向けようとしたところで、何と、本物の甲屋太郎が現れた。

「お前さん」

「父ちゃん」

と、驚きの声を上げるおすゑと次郎。

「な、どうして、死んだはずのお前がここに――」

月輪もまた慌てふためくのだが、やがてふてぶてしく居直ると、

「俺が本物だ。偽者はとっとと失せてもらおうか」

と、甲屋太郎に刃を向ける。ところが、どれほど鋭く切り込んでも、月輪の刃は決して太郎の身に届かない。ゆらりゆらりと揺れ動くそのありさまは、あたかも幽霊のようだ。

「ま、まさか、幽霊となって、俺を殺しに来たって言うのかい」

月輪の表情に初めて焦りの色が浮かんだ。

「その通りだよ。あれだけ親身に面倒を見たのに、おたくは恩を仇で返した。刺客を送って、私を殺したね」

「ち、ちがう。あんたには本当に感謝してた。けど、井原屋さんに会った時、あんたの名前を言っちまった。ちょいと名前を借りるつもりだけだったんだよ。あんたのところに行かせた男には、そう言伝《ことづて》を頼んだだけだ。勝手なことをしたそいつがぜんぶ悪いんだよ」

甲屋太郎と月輪は言い合いながら、舞台を右から左、左から右へ走り回る。月輪は刀で斬りつけようとするのだが、どうしてもまともな一撃を入れることができなかった。

「あはははっ。私は幽霊だからね。そんな刀じゃ斬ることなんてできやしないよ」

などと、甲屋太郎はのらりくらりと逃げながら、月輪を言葉で翻弄《ほんろう》する。月輪の表情は次第に険しくなり、凶悪な本性が見え始めた。

そうこうするうち、おすゑと次郎が役人を呼んできて、月輪を捕らえる。

「月輪よ、おぬしの素性はすでに分かっておる。おぬしが甲屋太郎のもとへ送った刺客がすでに吐いたからな」

役人は月輪に通告した。

「その刺客は数年前、甲屋太郎を殺し損ねている。おぬしはまんまと騙《だま》されていたのだ」

「何だとっ！」

月輪が「うわあっ！」と大声を放って暴れ出したが、すぐに取り押さえられる。役人たちから「神妙にいたせ」とお縄にかけられた月輪は、そのまま舞台の袖へ引きずっていかれた。

「お前さん、本当に幽霊になっちまったの？」

おすゑが甲屋太郎に恐るおそる尋ねる。

「何を言うんだ。私は本物だよ。ただ、あの男から殺されかけた身だったからね。どうしても身を隠さなきゃならなかった。苦労をかけてすまなかったね」

甲屋太郎はおすゑと次郎に向かって、両腕を広げてみせる。

「次郎も大きくなって……」

涙ぐんだその声に、おすゑと次郎が「お前さん」「父ちゃん」とそれぞれ声を上げて抱きついていく。

「これからは何も恐れるものはない。ここで三人一緒に暮らそう」

親子三人が舞台の中央で一つになったところで、芝居は幕引きとなったのだった。

三

これはどういうことなのだろうか。芝居が終わった後も、清兵衛は今の芝居の中身をどう受け止めればよいのか分からなかった。

誰かの思惑により作られた芝居だということは分かる。それを自分が見せられたことにも、もちろん意義があるのだろう。

所どころ、大いに覚えのある場面があった。というより、井原屋という大店の主人は、おそらく自分のことだ。

一方で、まったく馴染《なじ》みのない話もあった。甲屋太郎と妻子のくだりは、清兵衛自身の記憶とはまったく交錯しない。

(巴屋の役どころは、月輪というところだろうが……)

あれは実話なのだろうか。だとしたら、巴屋は盗賊だったことになってしまう。いくら何でもそれはないだろう。

巴屋仁右衛門——当時は仁一郎と名乗っていたが、舞台で弥助が演じていたようなならず者の雰囲気はなかった。少々抜け目のなさそうな目つきを見せることはあったが、お人好しに見える時もあったのだ。

（いや、もしあの芝居の通りなのだとしたら、本物のお人好しである甲屋太郎の真似《まね》をしていたということか）

はてさて、どういうことなのだろう——と思いながら、ちらと巴屋のいる桟敷を見やれば、巴屋の顔色はかなり思わしくないものであった。その隣にいる中山勘解由は芝居が始まる前とまったく変わらない。

「萬屋の旦那はん」

同じ桟敷に座っていた東儀左衛門が声をかけてきた。

「帰りがけに、またかささぎへ寄っていきまひょ」

もう決まったことのように言う。

「聞いていただきたいこともありますよって」

「それは、今日の芝居が関わる話なんだろうね」

念を押すと、「そうどす」という返事であった。

「せやせや。言うのを忘れてましたが、今日の芝居は『月輪七変化』いいますのや」

「なるほど。望月という名の役は出てこなかったから、確かに『望月七変化』ではまずかろう。ところで、『月輪七変化』を書いたのも東先生でしたか」

「いやいや。これを書いたのはあての弟子の六之助というもんですわ。ま、拙《つたな》いせりふもありましたけど、そこは目をつむっていただきとうおす。あまり暇もない中で、何とか間に合わせたもんですさかい」

「そういうことなら、役者が稽古をする暇とてあまりなかったのだろう。それにしては、よくまとまっていた」

「お褒めにあずかり、六之助の師としてお礼申します。役者連中への褒め言葉は直《じか》に聞かせたってください」

ということは、かささぎへ行けば、喜八や弥助に会えるのだろうか。それを訊き返す前に、「あのう」と横合いからおずおずとした声がかけられた。芝居が始まる前、儀左衛門が挨拶していたおかねという女である。

「あたしたち、今日の芝居をここで見るように、かささぎさんから言われたんです。芝居が終わったら、お隣にいる東先生の言葉に従うようにとも、言われてるんですが」

「へえ、お二人もかささぎへご一緒しまひょ。お連れするようにと、若旦那から申しつかってますさかい」

飄々《ひょうひょう》とした儀左衛門の言葉に、そのままうなずき返しているものの、おかねの表情は困惑気味だった。伊一郎という名の若者も、やはり戸惑っているらしい。

(見たところ、母親と息子といったところか。芝居のおすゑと次郎が重なるな)

ふとそう思った時、清兵衛の中でばらばらだった糸の一部がつながった。

(やはり、あれは実話を元にしたものか)

茶屋で死んだ男が幽霊になるなど、まぎれもない作り話も含まれてはいた。だが、おおよその部分が実話だったとすれば――。

(巴屋仁右衛門、いや、仁一郎という男は……)

再び巴屋と中山勘解由の桟敷へ目を向けると、二人は話をしていた。中山勘解由が淡々と何かを言い、巴屋が首を横に振ったり、汗を拭いたり、何とも落ち着かぬ様子を見せている。だが、話している中身までは聞こえなかったし、儀左衛門も巴屋たちを気にかけるふうではなかったので、とりあえず清兵衛と儀左衛門、おかねと伊一郎の四人は連れ立って芝居小屋の外へ出た。

かささぎへ向かう道中は、あまり会話が弾まなかった。この中で事情を知っているのは儀左衛門だけであろう。おかねと伊一郎は問い質《ただ》したい気持ちを必死に抑えているようだ。

清兵衛もまた、今すぐ問い詰めたいところであったが、道すがら気軽に訊ける話でもない。かささぎへ着けば話してもらえるのだろうと、はやる気持ちをこらえた。

やがて、一同はかささぎへ到着した。

「萬屋の旦那に東先生、お帰りなさい」

おもんが迎えてくれた。

「こちらのお二方もお連れさまで？」

おもんがおかねと伊一郎について尋ねる。どうやら二人との面識はないらしい。

「若旦那の知り合いやそうな。あては今日、芝居小屋で会ったばかりなんやけど、一緒の席で頼みますわ」

儀左衛門が答え、おもんによって四人は一緒の席へ案内された。

清兵衛と儀左衛門が隣り合って座り、その前におかねと伊一郎が座る。

「東先生、こうして一つの席に座ることになったのだ。お二人と引き合わせてもらえないかね」

清兵衛は儀左衛門に言った。

「そうどすな」

儀左衛門はあっさりうなずき、まずおかねと伊一郎に目を向けた。

「こちらは、萬屋清兵衛はんとおっしゃいます。本を作って売る版元の旦那はんや。山村座の座元、四代目山村長太夫の贔屓筋《ひいきすじ》でもいらっしゃいます」

おかねは「まあ」と小さく呟《つぶや》き、恐縮した様子で頭を下げたので、清兵衛も目礼を返したが、伊一郎はまっすぐこちらを見ているだけだった。

「ほんで、こちらのお二人は伊勢の射和《いざわ》村から来たおかねはんと伊一郎はんどす」

「射和村……？　白粉《おしろい》座で知られる？」

村の名は聞いたことがあった。白粉座に属する店の江戸店が日本橋にもあったはずだ。

「今は白粉屋の澤屋に身を寄せてます。あたしの弟がそこで奉公しているものですから」

おかねが言い、「なるほど」と清兵衛はうなずいた。弟の縁を頼って江戸見物にでも出てきたものか、あるいは、伊一郎を澤屋の江戸店に預ける見通しでも立っているのか。そのあたりかと思いめぐらしたところで、おもんが四人分の汁粉《しるこ》を運んできた。

「これは、あたしから。まずは体を温めてください」

注文を取ることもなく、おもんは汁粉だけ置いて行ってしまう。

（そういえば……）

その時になって初めて清兵衛は気づいた。この店には自分たち四人の他に客がいない。この時刻なら、芝居帰りの客が入ってきそうなものなのに、どうも妙だ。

清兵衛は汁粉を口に運んだ。ほのかな甘味が緊張をほぐしてくれる。

ややあって、表の戸を開ける音がした。やっと他の客が来たかと振り返れば、中山勘解由と巴屋である。巴屋は恰幅《かっぷく》のよい男だが、今日は一回り小さく、しょぼくれて見えた。

「これは、中山さまに巴屋の旦那さん、ようこそお越しくださいました。萬屋の旦那さんと東先生もいらしていますよ」

おもんが明るく二人を迎え、中山勘解由は「東先生の隣へ頼む」と席を指定した。おもんは言われた通り、一同と通路を挟んだ隣の席へ二人を案内した。

中山勘解由と巴屋は向かい合って座り、おもんはこの時も注文は取らずに奥へと去った。

「巴屋よ。東先生の前に座っている二人を知っておるか」

中山勘解由が突然、巴屋に尋ねた。巴屋が隣の席のおかねと伊一郎に目を向ける。おかねと伊一郎も不可解そうな表情を巴屋の方に向けた。それぞれは相手の顔を探るように見つめているが、その表情が目に見えて変わることはなかった。

「私は存じませんが」

ややあってから、巴屋が困惑気味に返事をする。

「射和村の鹿之助の縁者だ」

と、鬼勘はおもむろに答えた。射和村とは澤屋の本店があるところで、先ほど清兵衛が聞いた話とも矛盾しない。だが、鹿之助とは何者なのか。その名は知らぬし、巴屋にそれで通じるのなら、なおさら事情が把握できない。

「鹿之助とは誰のことなのですか」

清兵衛は中山勘解由に目を向け、丁重に尋ねた。他の者に尋ねてもよいが、まずはその言葉を発した中山勘解由に訊くのが筋だろう。

中山勘解由は清兵衛の言葉をまるで聞こえなかったかのように無視した。片や、巴屋は下を向いた格好で、この寒い季節だというのに汗を拭うようなしぐさを見せた。

清兵衛は鹿之助の縁者と言われたおかねに目を向けた。まさか、この女は自分の問いかけを無視するまいと思っていると、

「あ、あたしの弟です。鹿之助は――」

と、びくびくした様子で、おかねは答えた。

「ああ、澤屋で奉公しているという……」

先ほど弟のことは確かに聞いた。名前を耳にしなかっただけだ。

だが、その名がどうしてこうも巴屋を居心地悪くさせているのかは理解できなかった。

「巴屋さん」

清兵衛は巴屋仁右衛門に呼びかけた。巴屋が仕方なさそうな様子で顔を上げる。

「私はお前さんに恩がある。お前さんの味方をすると言ったし、その気持ちは今も変わらないよ」

巴屋の両眼に、期待と脅えが同時に宿った。

「ただし、前に私は言ったはずだ。過去にお前さんが何をしでかしていても気持ちは変わらないから、私への嘘はなしだ、とね。それはこの先も同じだよ、ともね」

「それは、もう……」

口を開いた巴屋は清兵衛と目が合うなり、再び下を向いてしまった。

「もう一度、はっきり言っておくよ。もしお前さんが私に嘘を吐いていたのなら――」

清兵衛はあえて言葉を切り、ここで十分な間を取ってから続けた。

「どうなるかは推して知るべしだ」

巴屋の厳《いか》つい肩がびくっと震えた。

何かを隠しているのはもはや明らかだ。そのことに、おかねと伊一郎が関わっていることも、それを中山勘解由たちが承知していることも。

(芝居に出ていたかささぎの若旦那たちも、知っているのだろうな)

そう思った時、まるで計ったかのように、表の戸口から喜八と弥助が入ってきた。

四

「これは、皆さん。お待たせしてすみませんでしたね」

喜八は鬼勘と巴屋、そして儀左衛門と萬屋清兵衛、おかねと伊一郎母子を順に見つめながら挨拶した。

「ご苦労さん」

と、叔母のおもんが声をかけてくる。

「叔母さんも店の方をありがとうございました」

喜八と弥助が芝居小屋に出ている時は、叔母に頼むしかない。これは何度かくり返すうち、いつしか習いとなっていた。

とはいえ、喜八たちが戻るよりも先に、鬼勘が来ているのはこれまでにはないことだ。ならば、もうくわしい話は始めているのかと思いきや、これからだという。

「皆は気になって仕方なかったろうがな。おかねたちに話して聞かせるのは、芝居に出ていたおぬしたちがよかろう」

鬼勘が隣の席に目をやりながら言う。確かにおかねは困惑気味の目を向けてくるし、伊一郎はもう待てないという顔をしている。そして、萬屋清兵衛は隙のない強い眼差《まなざ》しを喜八に向けてきた。

「中山さま。私のことも忘れてもらっては困りますな。私とて、ものを問わずにはいられぬ気分なのですが」

清兵衛は鬼勘に対して言いながらも、喜八から目をそらさなかった。

「ふむ。では、萬屋よ。おぬしから尋ねてみるがよい。そちらの二人が尋ねたいことと、そう違いはないであろう」

鬼勘が清兵衛に勧めた。清兵衛は喜八に目を据えたまま、ゆっくりと口を開く。

「私が訊きたいのは、今日の芝居が実話を元にしているのかどうか、ということだよ。思うに、今日の芝居の月輪が巴屋の旦那で、井原屋が私、それから何といったかな、玉上新

そう《そう》

「そうだった。おすゑがここにいるおかねさんで、その息子の次郎が伊一郎さん。そういうことだったのかね」

「その通りですよ」

　喜八はあっさりうなずいた。

「萬屋の旦那さんもおかねさんも伊一郎さんも、この何年もの間、心もとない思いを抱えていたのではありませんか。その見えていなかったところを見ていただこうと、芝居に仕立てたわけです」

「では、若旦那。お前さんが演じていた甲屋太郎はどこにいる。あれをそのまま信じるなら、巴屋に成り代わられた男――つまりは、おかねさんのご亭主となるんだろうが、どこかにいるのだろう？」

　その言葉に、おかねの表情が変わった。食い入るように喜八の顔を見つめてくる。

「萬屋の旦那っ！」

　悲鳴のような声を上げたのは、巴屋であった。

「あんな芝居を信じるのですか。所詮《しょせん》は絵空事ですよ。この私が盗賊で、これまでつかまらずに江戸で暮らしてこられたとでも、本気でお思いですか。中山さまとも幾度となく、顔を合わせておりますのに？」

「それは……」

鬼勘が盗賊を目の前にしながら、それを何年も見過ごしてきたというのは、さすがにあり得ないと思うのか、清兵衛の表情に躊躇《ためら》いの色が生まれる。

「まあまあ、萬屋さん」

喜八は清兵衛に呼びかけた。

「巴屋さんのおっしゃる通り、芝居は芝居です。何も実話をそのまま芝居にしたわけじゃありませんよ。巴屋さんが盗賊だと言いたいわけでもありません。それに、芝居では、おすゑは行方知れずの夫を捜して放浪していましたけど、そこにいるおかねさんはご亭主を捜しに江戸へ来たわけではありませんよ」

「そうなんですか」

清兵衛がおかねに真剣な目を向けて尋ねる。

「え、ええ」

当惑気味におかねはうなずいた。

「あたしの亭主はもう何年も前にいなくなったんですが、江戸へ来たのは亭主とは関わりなくて。今年になって、行方が分からなくなった弟を捜すためなんですが……」

「弟……？　ああ、澤屋で奉公していると言っていたね。行方知れずだったのか」

「はい。今年の夏の終わりに、江戸へ来たんですが、それ以来」

おかねの返事に、清兵衛は考え込む表情になる。

「そのことは私から話そう」

その時、鬼勘が口を開いた。

「おかねの弟、伊勢の射和村から来た澤屋の鹿之助は、先日、太刀売稲荷で男と相討ちになって死んだ」

鬼勘が言って、さりげなく巴屋にちらと目を向ける。喜八も息を止めて巴屋の様子をうかがっていた。かすかにだが、その口角が笑うように持ち上げられたようだ。もっとも用心深く、すぐに顔を伏せてしまったが……。

片や、身内の死を告げられたというのに、おかねと伊一郎は声も上げない。これは、鹿之助がひとまず保護されていることを、鬼勘の側からこっそり教えられているためだった。

清兵衛は太刀売稲荷での事件は耳にしていたようだが、鹿之助が当事者と聞いて驚き、「何だと」と声を上げた。さらに、おかねと伊一郎に目を向け、

「あんたたち、身内が死んだばかりで、芝居見物などしている場合なのかね」

と、咎《とが》めるように言う。

「え、でも、その、鹿之助は……」

本当は生きている——ということは他言無用と言われていたのだろう、おかねは困り果

てた様子で、鬼勘と喜八を交互に見つめた。

「萬屋よ、まあ落ち着くがよい。相討ちになって死んだ、というのは外に流した話でな。実は生きておる」

鬼勘が間に入ってくれたことで、おかねはほっとしたようであった。

一方、巴屋の様子はにわかに変わった。声を上げこそしなかったが、自分の想像と違う話の展開に驚愕《きょうがく》を隠せないでいる。

そんな巴屋を喜八はじっと見ていたが、鬼勘と清兵衛も見ていた。そうした眼差しに気づくや、巴屋はすぐに表情を取り繕うと、

「どういうことですか、中山さま」

と、尋ねた。

「その事件のことは、私も聞いておりましたが、確か、二人の人死にが出たとか。それはすべて、中山さまが流した作り話だったというわけですか」

「まあ、真実はすぐに明らかになる。もうそろそろ来る頃かと思うが……」

鬼勘が思わせぶりに戸口の方へ目をやる。「俺が見てきましょう」と弥助が踵《きびす》を返すと、弥助が手をかけるより先に、戸が外から開けられた。

「件《くだん》の者、お連れいたしました」

入ってきたのは鬼勘の配下の侍だ。彼に続き、もう一人の男がどこか遠慮がちな様子で

店の中に入ってくる。その姿を見るなり、

「鹿之助っ」

「叔父さん！」

おかねと伊一郎が腰を浮かせて声を上げた。

「お前、無事で……」

おかねは涙ぐんでいる。通路に近い席に座っていた伊一郎は飛び出して、鹿之助のもとまで駆けていった。

「江戸で急にいなくなっちまって、母ちゃんがどれだけ心配したか」

伊一郎の言葉に、「すまん」と鹿之助は頭を下げた。

「お前たちが江戸に来てると聞いて、すぐにでも会いに行きたかったが、そういうわけにはいかなかったんだ」

「それは、聞いてたけどさ」

「今はとりあえず、母ちゃんのところへ戻れ。これからお前の父ちゃんの話があるんだろ？」

鹿之助が言うと、伊一郎は元の席へと戻った。鹿之助と巴屋は近付けないに越したことはない。弥助が鹿之助を巴屋から離れた席へと案内し、鹿之助が席に着いたのを見計らって、喜八は口を開いた。

「それでは改めまして。先ほどの萬屋さんのお尋ねにお答えいたしましょう」

口上のような物言いに、その場にいた人々の眼差しがいっせいに喜八へと注がれる。

「私が演じていた甲屋太郎は、おかねさんのご亭主、西黒部村の仁一郎さんを雛形《ひながた》にしています。もちろん、萬屋さんはご存じですよね。西黒部村の仁一郎さん」

「ああ、そこにいる巴屋の旦那のことだ」

清兵衛が揺るぎない口ぶりで言った。

「嘘だっ！」

と、その時、伊一郎の口から抗議の声が上がる。

「そこにいるのは、俺の父ちゃんじゃない」

「……そうだろうね」

と、清兵衛が哀れむような声で言い、先を続ける。

「行方知れずの父親が目の前にいたなら、今まで何も言わないわけがない。だが、おかねさんと伊一郎さんは、巴屋を見てもまるで知らぬ人を見るふうだった」

「待ってください。確かに私は西黒部村の仁一郎と名乗りました。けれど、同じ村に同じ名前の男がいたって、不思議じゃない。私の他にもう一人、仁一郎という男がいたというだけのことですよ」

巴屋が声を張った。

「そういや、お前さんは川崎宿で街道茶屋を営んでいたんだったね。さて、おかねさん。お前さんの亭主はどこで何をしていたんですか」

途中で巴屋からおかねに目を移して、清兵衛が問いかける。

「あたしの亭主は、川崎宿で街道茶屋を……」

「偽りだ！」

巴屋が叫んだ。

「その女が私の生い立ちを、自分の行方知れずの夫のものと偽っているだけだ。おそらく私の財産を狙ってでもいるのだろう」

「巴屋さん」

喜八は巴屋に呼びかけた。

「かつて川崎宿のくろべ屋に立ち寄った人は、主人の仁一郎さんを、ひょろっと痩せた面長の人と言ったそうですよ。おかねさんのご亭主はそういう風貌なんですよね」

巴屋からおかねに目を移して問うと、おかねはうなずいた。

「ええ、そうです。風が吹けば飛びそうだって、よく皆にからかわれてて……」

おかねが言った時であった。その言葉に呼応するかのように、表の戸がかたかたと音を立てた。

喜八は弥助に目配せし、弥助が戸口へと向かった。だが、戸は音を立てて鳴るばかりで、外から開かれる様子がない。

弥助が戸を開けると、冷たい風が中に吹き込んできた。軒先に立つ者の顔から下、やや色あせた黒い小袖《こそで》姿が見えた。

やがて、その者が一歩、二歩と、店の中へ足を踏み入れると——。

「あんた！」

「父ちゃん」

おかねと伊一郎が同時に叫んだ。伊一郎が転びかねない勢いで飛び出し、おかねもそれに続いて席を離れた。

二人が向かう先には、背が高くひょろりと痩せた顔の長い男がいる。かつて、人探しの寅次郎が巴屋のことを探っていた時、伝えてくれた通りの姿であった。だが、男のもとに駆け寄ろうとするおかねたちを、喜八は通路に立ちはだかって止めた。

「まだ本物の仁一郎さんとは限りませんよ」

二人はぎょっとして立ちすくむ。

「あ、あれが父ちゃんじゃないなら……。まさか、幽霊だって言うんですか」

伊一郎が少し怯《ひる》んだ様子で、喜八に問うた。

「おかね、伊一郎や」

男が二人に手を差し伸べてくる。

「すまなかったよ。父ちゃんは帰るに帰れなかったんだ」

「ど、どういうことだよ。まさか死んじまって、帰ってこられなかったとでも言うのか」

顔をゆがめながら問う伊一郎に、男は大きくうなずいた。

「そうだよ」

おかねの口から「ひいっ」という小さな叫び声が上がり、伊一郎が息を呑《の》む。

「私は殺されたんだ。下手人は初めて見る男だったが、命じた奴は分かっている」

男の眼差しが母子からそれ、奥に座っている巴屋仁右衛門の方へと流れていった。

「私を手にかける前、そいつが言ったからな。甲子助《きねすけ》さんに頼まれたって」

男はまっすぐ巴屋を指さしながら、急に鋭い舌鋒《ぜっぽう》になって告げた。すると、

「何を言ってやがる。俺はそんなことは頼んでねえ」

巴屋が音を立てて立ち上がり、男に叫び返した。これまでの巴屋とは別人のような荒っぽい言葉遣いであった。

喜八自身は弥助と二人で相対した時、怒りにまみれた巴屋が不穏な物言いをするのを聞いたことがあったから、特に驚きはしない。萬屋清兵衛の顔にも、驚きの色はもはや浮かんでいなかった。巴屋を見る目には侮蔑《ぶべつ》の色がある。

その時、鬼勘が落ち着き払った様子で、「巴屋よ」と声をかけた。

「おぬしの本名は甲子助というのか。おぬしの前の名は仁一郎だと聞いていたが」

巴屋の顔はたちまち醜くゆがんだが、鬼勘を見下ろした時、少なくとも表面上は取り繕

ったものになっていた。

「何のことでしょう。私はあの男から指さされたもので、抗弁しただけですが」

「いいや。おぬしは今『そんなことは頼んでいない』と言った。つまり、あの男の声ははっきり聞き取れていたということだ。『甲子助』という言葉だけ聞き取れなかったなどという言い訳は通用せぬ。仮に、男から指さされたように見えたとしても、自分以外の者の名が挙がれば、通常は別人への言葉だと思って聞き流すだけであろう」

「細かいことをお気になさるのですな。まあ、それが中山さまのお仕事なのでしょうが。ええ、確かに、甲子助と聞こえましたよ。私のことだと思ったのは、幼名が甲子助といいましたものでね」

おかねと伊一郎の口から抗議の声は上がらない。二人の夫であり父親である仁一郎の幼名が甲子助だとは、聞いたこともないからだ。

「ほら、あの二人の捜す仁一郎と私は別人なのです。西黒部村に仁一郎は二人いたということでしょう。いや、もっといるかもしれませんな。そうそう、仁一郎と名を改めたのは、昔の村の偉人にちなんでのことでしてね。あの村じゃ、めずらしい名じゃないんですな」

しゃべるにつれて、巴屋の口調は滑らかになっていく。鬼勘に向けられる眼差しに、得意げな色が混じり始めた。それでも、鬼勘の表情はまったく変わらなかった。

「西黒部村は紀州《きしゆう》藩の飛び地であったな」

誰に言うでもなく、鬼勘が呟く。

「……それが何か」

巴屋がやや間を置いてから訊き返した。

「そして、射和村は鳥羽藩だ。両村は同じ伊勢国だが領主が違う。私の立場で、諸藩の人別改めの記録を見せてもらうのは難しい。それゆえ高をくっているのやもしれぬがな。先日、射和村の鹿之助が殺された……ということになった。それゆえ、鳥羽藩に人別改めの記録を調べてもらった。鹿之助は西黒部村の出身だそうな。ゆえに紀州藩にも鹿之助の身元を調べてもらう必要が出てきた。そのついでに、西黒部村の三十から五十代の男に、仁一郎という者がどれだけいるか調べてもらった。生憎《あいにく》だがな、おかねの夫となった男の他に、仁一郎という者はおらぬ。そして、その者の名が甲子助であったことはない」

巴屋はもう取り繕う余裕も失くしていた。その口から、ちっと舌打ちの声が上がる。

鬼勘はすばやく立ち上がった。そして、通路に出て巴屋に向き直ると、

「巴屋仁右衛門を名乗りし、元旗本奴《はたもとやっこ》の甲子助よ」

と、声を張る。同時に、鬼勘の配下の侍たちがわらわらと店の中へ走り込んできた。

「おぬし自身はかつて江戸所払いとなったにもかかわらず、それを破った。さらに、かつての仲間で殺しを請け負う嶋三に、仁一郎と鹿之助を殺《あや》めるよう頼んだ罪もある。ああ、嶋三も死んではおらぬ」

「ちくしょう、あの男。今回だけじゃなく、八年前も殺しに失敗していたのかっ！」

巴屋が憎々しげに言い放つ。

その時には巴屋の前を鬼勘が、後ろは鬼勘の配下たちが取り巻いていた。

「くわしい話はこれから聞こう。なに、八年前から今に至るまでのこと、余さずに聞く用意はあるぞ」

鬼勘が配下の侍たちに目配せをする。侍たちが背後から巴屋に迫った。それに気づいた巴屋がばっと前に出る。その右手がいつの間にか左の袂《たもと》へ——。

巴屋の手には短刀が握られていた。すばやく払った鞘《さや》を放り投げ、

「退《ど》けっ！」

と、鬼勘に刃を突き付けた。

「中山さまっ！」

喜八が駆け出すのと、巴屋が飛び出すのはほぼ同時であった。

鬼勘は身をひねって、突っ込んでくる刃を避け、横から巴屋の左腕をすかさずつかむ。

巴屋の体は意図せず半回転した。振りかぶった短刀が鬼勘の肩のあたりを目がけて——。

「この野郎！」

喜八は巴屋の右腕に跳びかかった。狭い通路でのこと、近くの卓と椅子がいくつか当たり、派手な音を立てて倒れた。喜八がむしゃぶりついて巴屋の動きを封じている間に、後

ろから迫った侍たちが二人がかりで短刀を奪い取る。

「はあっ……」

喜八は安堵の息を吐き出して、後ろへ退《ひ》いた。巴屋は侍たちによって膝をつかされ、縄をかけられている。

「おぬしのお蔭で助かった」

鬼勘が喜八の前まで来て、礼を言った。嫌味半分もしくはからかい半分かと思いきや、存外、真面目な顔をしている。

「いえ、正直、無我夢中で……」

喜八も素直な気持ちで応じた。とっさに鬼勘を庇《かば》ったことが、自分でも不思議に思える。

「木挽町もこれでずいぶんと風通しがよくなるであろう」

鬼勘は、喜八に聞かせるとも独り言ともつかぬ調子で言うと、巴屋を引っ立てて店を出ていった。

一方、本物の仁一郎とおかね、伊一郎は距離を取ったまま向き合っている。離れた席にいた鹿之助が立ち上がると、仁一郎に向かって歩き出した。

「そんで、父ちゃんは……やっぱり幽霊なのか」

伊一郎が恐るおそるという様子で問うた。仁一郎は懐かしい身内を前に感極まっているのか、返事が出てこない。

「そんなわけないだろ、伊一郎さん。親父さんは本物に決まってる。今日の芝居でもそうだったじゃないか」

喜八は優しく言った。仁一郎に幽霊のふりをさせたことを謝っておいてほしいという、鬼勘からの言伝も伝える。

「あんた、本当に生きて……？」

おかねが震える声で言う。

「ああ。俺は死んでいねえよ」

その仁一郎の声が合図だったかのように、おかねと伊一郎、それに鹿之助はわあっと仁一郎のもとへ縋《すが》りついた。仁一郎は細い腕ながら、おかねと伊一郎をしっかりと抱き締め、鹿之助は仁一郎と伊一郎の肩に手を置いている。

「どうして……生きていたなら、どうして今まで……」

涙混じりに訴えるおかねの問いに、仁一郎はぽつぽつと事情を語った。

八年前、甲子助が客から預かった版木を江戸の店へ届けに行ってから、仁一郎は甲子助が戻るのを待っていたが、やって来たのは見も知らぬ刺客の男であった。男は甲子助から頼まれたと言って、仁一郎を襲い掛かってきたが、間一髪で逃れることができた。

この時、刺客はさほど殺すことに執着せず、仁一郎が逃げ延びた店から、有り金をすべて奪って江戸へ戻っていった。甲子助には仁一郎を殺《や》ったと言って、礼金をもらうつもりだったのだろう。

仁一郎は店以外すべてを失った。茶屋を続けるのは危ない。甲子助に対する恐怖や怒りはもちろんあったが、それ以上に不可解な気持ちが勝っていた。刺客を雇ったのが甲子助ならば、なぜ急に自分を殺そうとしたのか。真実を確かめなければ、自分の身の安全もままならない。そこで、仁一郎は江戸へ行くことを決意する。

手がかりは、仁一郎が版木を届けた日本橋の萬屋清兵衛店という名だけであった。店の場所はすぐに分かったものの、甲子助の所在は分からぬまま、数か月が過ぎる。その間、金もなく、まともな食事もできない暮らしを送り、ある時、行き倒れてしまった。

とある寺の住職に拾われ、三年ばかり養生し、健《すこ》やかにはなったが、以前のような真実を突き止めようという強い気持ちはなくなっていた。この間に一度、西黒部村へ便りを送ったが、おかねらがすでに村を離れた後だったようだ。おかねらに便りは届かず、仁一郎は妻子が新しい暮らしを始めたと思った。そして老齢の住職に乞われるまま、寺の下働きをして暮らしていたのだが……。

「半月ほど前、小寅さんという人が現れてね。お前たちが江戸に来ていることを教えてくれた」

さらに、甲子助が木挽町の大茶屋の主人となっていること、仁一郎の経歴を詐称していることも教えてもらったという。

巴屋が甲子助であるとの決め手になったのは、元旗本奴の藍之助が巴屋に見覚えがあると言い出したことであった。小寅が川崎宿でつかんできた「きいさん」という呼び名も手がかりとなり、しばらくして元旗本奴の甲子助だと思い出した。藍之助とは別の組であったが、何度か見かけたことがあったそうだ。

「本当に……俺は何度も間違えちまった。悪い男に騙され、お前たちのところへ帰る機会も逃し……。本当に本当にすまなかった……」

仁一郎は涙をあふれさせながら頭を下げる。

「あんた……」

「父ちゃん」

おかねと伊一郎も泣きながら、それ以上の言葉をかけることはできず、親子はしばらくそのまま動き出せないでいた。

「若、皆さんには席でゆっくりお話ししていただきましょう」

気を利かせた弥助の言葉に、喜八はうなずいた。

「そうだな。おかねさんたちは積もる話もあるだろうし。東先生と萬屋さんにも何か食べるものを――」

「いや、若旦那。今日のところは、私はここで失礼させてもらいますよ」

萬屋清兵衛は立ち上がって告げた。それから、仁一郎たちのそばまで行くと、

「知らぬこととはいえ、私が悪漢に力を貸したせいで、申し訳ないことをしてしまった」

と、神妙な顔で深々と頭を下げた。

「落ち着いたら、日本橋の萬屋を訪ねてきてください。できるだけのことはさせてもらいたいと思っている」

清兵衛がそう言い置いて店を出ていくと、「今日のところはあてもこれで」と儀左衛門も帰っていった。

その日、かささぎでは松次郎の心づくしの料理を供して、仁一郎の親子三人と鹿之助に団らんの時を心行くまで過ごしてもらった。

五

元禄《げんろく》七（一六九四）年もあとわずかとなった師走《しわす》の月末、店じまい頃におもんが一人でやって来た。

「ちょいと話があるんだ。奥で待たせてもらうよ」

と言うなり、調理場の奥の小部屋に入っていった。

「何のお話か、お聞きで？」

と、弥助から訊かれたが、喜八にもまったく見当がつかない。

やがて暖簾を下ろすと、おもんは客席の方へ出てきた。

「これから、お前たちの夕餉だろ。まずは、お前たちの食べるものの用意をおし。あたしの話は食べながら聞いてもらうとしようか」

おもんは待っている間に、松次郎が用意したもので済ませたという。そこで、三人は急いでおもんの指示に従い、飯に味噌汁《みそしる》、鍋物に煮物などの用意を調《ととの》えると、席に座った。

「何してんだい。せっかくの料理が冷めちまうだろ」

おもんを前に、礼儀正しく座っている三人に、おもんの声が飛ぶ。

「お、おう。じゃあ、いただくとするか」

喜八が言い、弥助と松次郎も箸を手にした。三人がそれぞれ食事を始めたのを見澄まして、おもんが口を開く。

「話ってのは他でもない。つい先日、主人がお縄になった巴屋のことなんだよ」

「ああ。あの後、巴屋はずっと暖簾を下ろしたままなんだよな」

店ぐるみで悪事を働いたわけではないが、役人たちのお調べも受けたようだ。その間は店も閉めていたが、巴屋の店と土地の所有者はあの甲子助ではなく、萬屋清兵衛なので、再起は清兵衛次第だという。

「巴屋は山村座にとってなくてはならない店だしね。萬屋さんもそれは分かってて、新たな主人を立てようかと考えたみたいなんだ」

「それなら、あそこの番頭さんを主人に立てたらいいんじゃないか。誠実そうな人だし、実際、あの人のお蔭で巴屋は成り立っていたんだろ」

喜八の言葉に、おもんも「その通りだよ」と大きくうなずいた。

「けど、円之助さんは主人の器じゃないって断ったそうだ。それで、どうしたもんかって萬屋さんも困ってらしたんだけど、そんな時、奉公人ごと巴屋を買い取りたいって話が持ち込まれたらしくてね」

萬屋清兵衛はよくよく考えた上で、その話を受けることにしたそうだ。新しい店主になった人物も、自身が大茶屋の主人に収まる気はないそうだが、信用できる人に任せようと考えているのだとか。

「それでね、あたしに巴屋の女将にならないかって、その方からの話があったんだけど」

「叔母さんに？」

喜八は大根の煮物をごくりと呑み込み、声を上げた。

「またずいぶん急な成り行きだね」

「ああ。だけど、今はお前たちに任せきりとはいえ、あたしは今もかささぎの女将だ。それで、この店の事情も話したのさ。そうしたら、あたしかお前か、どちらかに巴屋を営んでもらえないかって言うんだ」

「叔母さんか俺に？」

先ほどよりもっと大きな声で訊き返してしまった。気づけば、弥助も松次郎もすでに箸を持つ手が動いていない。

「あたしとしてもね、喜八。余所者《よそもの》に引っ掻《ひか》き回されるよりは、自分か身内が巴屋を営む方がこの木挽町にとっていいと思う。甲子助みたいな男に乗っ取られることは、そうそうあることじゃないけど、あの店はこの町にとっても山村座にとっても大事な茶屋だからね」

おもんは喜八の目をまっすぐ見ながら、話を続ける。

「ほら、例のおあささんが頑張ってくれてる試み、あれもすべてはかささぎを大きな茶屋にしようっていうお前たちの心意気なんだろ」

「それはまあ……」

「巴屋は元から大きな茶屋だよ。格式もあるし、この木挽町の顔と言ってもいい。その大茶屋を立て直すとなりゃ、やり甲斐《がい》のある大仕事になるだろう。もちろん、この一年手塩にかけてきたかささぎを手放したくないってんなら、それもいい。その時は、巴屋はあたしが請け負うとするよ」

「叔母さん……」

おもんはどんと胸を叩《たた》いて言った。

「これはね、願ってもない機会なんだ。お前たちの思いを叶《かな》えるため、巴屋でもかささぎでも、いいと思う方を選べばいい。もちろん、どっちを選んでくれてもいいんだよ」

喜八は弥助と松次郎と目を見合わせたが、三人とも言葉が出てこない。

「すぐには決められないだろうから、ゆっくり考えてくれていい。返事は年明けになるって伝えてあるしね」

これで話は終わりとばかりに、おもんは立ち上がろうとした。

「お待ちください」

と、その時、初めて弥助が口を開いた。

「その、新しく巴屋の持ち主になった方は、どのような人なのでしょう。女将さんや若のことをずいぶん信頼しているようですが」

「――それについては、あたしからは明かせない」

おもんは問われることを想定していたらしく、落ち着いた声できっぱり答えた。

「けど、お前たちが心配しなくちゃいけないような相手じゃないよ。萬屋の旦那だって甲子助のことじゃ責めを感じてた。この状況で、いい加減な相手に売り渡すわけないだろ」

そう言われればその通りである。おもんはそれ以上のことは明かさず、見送りを断り、帰っていった。

おもんがいなくなった後、三人は再び顔を見合わせた。

「まだ食い終わってなかったな」

喜八の言葉で、松次郎と弥助も思い出したようにうなずき、皆でそそくさと食事を終えた。それから、熱い麦湯を飲みながらひと息吐いた頃には、三人ともだいぶ落ち着きを取り戻していた。

「俺は、巴屋でも何でも、若のお考えに従いますんで」

弥助がすでに迷いは持たない表情で告げた。

「あっしも若の下で働かせてもらえれば、それで」

と、松次郎が深みのある声で言う。

とりあえず、三人の絆は変わらない。どちらにしても一緒の店で働くということだけは決まりだ。

「巴屋が若の好きにできるようになれば、あにさんたちを用心棒として雇うこともできますね。俺の親父もそうですが、日雇いで働いてる人もいますから、若が声をかければ喜んで集まってくれるでしょう」

弥助の言葉に、喜八の胸は高鳴った。それこそ、元かささぎ組の面々に新たな居場所を用意してやれる。役者たちもこの町の人たちも一緒になって、酒食を共にし、絆を深めていく――そんな店作りが、ひいては町作りが、できるということだ。

今回のことで、木挽町は風通しがよくなるだろうと、鬼勘も言っていた。

かつて大八郎が橋を架けて佐久間町全体を明るくしたように、自分たちの手でこの木挽町に新しい風を吹かせることができるなら――。

「そうなったら、かささぎ寄合は終《しま》いですかね。俺たちが役者の扮装《ふんそう》をしなくても、巴屋は元から『役者に会える茶屋』なんですから。ま、敷居は高いですが……」

弥助の言葉に、おあさの明るい笑顔が浮かび、ほんの少し胸が締め付けられた。

（あれ、俺はこれからもああいうこと、したいと思ってたのかな）

初めはおあさとの約束を果たすためだった。だが、菊の節句で弥助と行った小芝居や、亥《い》の子《こ》の日の狐《きつね》の扮装が脳裡《のうり》によみがえると、懐かしくも楽しい気分に誘われる。

（俺は自分でも思っていた以上に、役者ってやつに惹《ひ》かれていたのかな）

鬼勘に言われるがまま、事件解決のため、山村座の芝居小屋で演じているうちに、自分はどうやら変わっていたようだ。役者という、人を楽しませる仕事も悪くないと思っている。

「まあ、女将さんもおっしゃっていたように、すぐに答えを出さなくてよいと思います。俺たちも相談に乗りますんで、心行くまでお考えください」

弥助が言い、その傍らで松次郎がおもむろに首を縦に動かす。

冷静になって考えれば、木挽町をよくしたいという志は、巴屋の店主でなければ抱けないというものでもない。敷居の高い大茶屋の主《あるじ》より、かささぎの主の方ができることもあるのだ。

「ああ、よく考えさせてもらうよ」

誰よりも信頼できる二人を前に、喜八は力強く言葉を返した。

かささぎも大晦日《おおつごもり》は店を開けず、その日は正月を迎える支度をする。正月一日にはおもんと藤堂鈴之助夫婦や、元かささぎ組の子分たちが集まることになっていたから、松次郎と弥助はその宴の料理を作るので忙しい。

料理をしない喜八は店の中は無論、外回りの掃除をしていたが、昼前におあさが一人でやって来た。

「あれ、おくめちゃんは？」

喜八は客席を拭いていた手を止めて尋ねた。

「一緒に出てきたんだけれど、買い物があるというから、いったん別れたの」

と、おあさは答えた。買い物を終えたおくめがここへおあさを迎えに来ることになっているらしい。

「明日は、来てくれるんだよね」

子分たちが集まる宴の席に、儀左衛門とおあさ、おくめ、それに六之助の四人を招いている。六之助は子分の一人、鉄五郎の弟なので身内も同じなのだが、かささぎ寄合を通して、おあさたちも身内のようなものになっている。さすがに鬼勘は呼んでいないが、三郎太にも声はかけていた。

「お父つぁんは山村座を含む芝居小屋へ挨拶に行くから無理そうだけれど。六之助さんとおくめとあたしはお邪魔します」

おあさは笑顔で答えた。

「それとね、喜八さん。あたし、やりたいことが見つかりそうって言ったの、覚えてる?」

「ああ。見つかったら教えてくれるって話だったよな」

その話を聞いたのは先月の末、おあさが『好色五人女――八百屋お七の巻』を見てきた帰りのことだ。

「あたしね、いつか喜八さんが主役のお芝居を書いてみたいの」

おあさは目をきらきらさせて言った。

「それは、ええと、東先生みたいに狂言作者になりたいってことでいいのかな」

少したじろいでしまうと、おあさはくすっと笑った。

「心配しないで。もう無理に喜八さんを役者にするとか言うつもりはないから」

「そりゃ、どうも……って言うのも変な話だけど」

「あたしが書いたお芝居で、喜八さんが主役を演じてくれたら、天にも昇るくらいに嬉しいわ。でも、その願いは叶わなくてもいいの。喜八さんに出会って、お芝居を書きたいって気持ちに気づかせてもらえただけで、あたしは十分仕合せだから」

「そう言ってもらえて、俺も嬉しいよ」

「前に、喜八さんを応援したいと言ったの、覚えてる？」

「そりゃあもう」

「茶屋を大きくしようと頑張る喜八さんを応援したい気持ちが半分、役者としての成長を応援したい気持ちが半分って、あたし、言ったわよね」

「ああ」

「喜八さんがお芝居をしていなくても、あたしは喜八さんのことを好きになっていたと思うの。でもね、困っている人のため芝居に出たり、お客さんを楽しませるため、役に扮する喜八さんのことはもっと好き。気持ちは増えるものなのに、それを半分ずつ分けようなんて間違っていたわ。あたしはどっちの喜八さんのことも、力の及ぶ限り応援するつもりだから」

一生懸命言うおあさを見ていると、自然と笑いが漏れた。

「それって、俺がおあささんの書いた芝居に出なくても、俺を嫌いにならないってことだよね」

「嫌いにならないっていうのは違うわ。あたしは喜八さんのことが丸ごと好きなの」

むきになるおあさと目が合った。少しどきっとした。

「ありがとよ。何でも面白がるおあささんなら、きっと東先生が唸《うな》るような面白い芝居が書けるよ。それにしても、女の狂言作者なんて、おあささんがいの一番なんじゃないか」

「ふふ、そうかも」

前人未踏の地へ軽やかに足を踏み出すおあさを見ているうち、喜八の中で何かがすとんと落ちた。

「おあささんの話を聞いて、俺も心が決められそうだよ」

「そう?」

いつもは何でも知りたがるおあさだが、この日はそれ以上踏み込んでこようとしなかった。だが、自分がこれからどういう道を進むのか、おあさにはきちんと伝えたい。かささぎ寄合の舵取《かじと》り役であり、自分を誰よりも応援してくれる大切な娘《こ》だから。

年明けにはきっと――。

「それじゃあ、明日」

おあさは迎えに来たおくめと一緒に、帰っていった。

「気をつけて。よいお年を」

喜八は通りまで出て二人を見送った。

店の中へ戻ろうとすると、「申し」と声をかけられた。振り返ると、二十歳過ぎくらいの身ぎれいな武家の女が立っている。

「あなたは……」

喜八は目を見開いた。臼井喜世がかささぎへ来た際、供をしていた女中である。慌てて周りを見回したが、喜世の姿はない。

「今日は奥方さまのお使いで参りました」

「あ、そうですか。それじゃ、中へ」

と、言いかけると、女中は「いいえ」と首を横に振った。

「こちらをお渡しするだけですから」

女中はそう言うと、手にしていた風呂敷包みを差し出してくる。

「これを俺に？」

「はい。喜八さまに確かにお渡しするよう、申しつかってまいりました」

「はあ」

そのまま風呂敷包みを受け取ると、女中は丁寧に頭を下げ、くるりと踵を返した。

（あれ、俺、あの人たちの前で名乗ったことあったかな。いや、名乗っていたとしても、喜八さまっておかしいだろ）

驚きも当惑も大きいが、喜世からの贈り物の中身も気になる。喜八は勢いよく店の中へ戻ると、空いている席に風呂敷包みを置き、ゆっくりと息を整えた。

# 六

風呂敷包みの中に入っていたのは、漆塗《うるし》りの弁当箱であった。その上には書状が一通置かれている。表書きには「喜八殿」とあった。

手に取ろうとした時、指先が震えていることに気づいた。どうしてこうも緊張しているのか、自分でもよく分からなかったが、早く中身を確かめたいと気が急《せ》いてしまう。

書状を開けると、表書きと同じ流麗な筆跡が目に飛び込んできた。

「一筆申し上げ候《そうろう》、極寒の時節、お気をつけなされたく……」

そんな言葉で書き出された書状を、喜八はゆっくりと読み進めていった。

突然、このような書状と品を押し付けられ、さぞや戸惑っていることでしょう。

わたくしはあなたの父、大八郎殿とかつて夫婦《めおと》の契りを結び、あなたの母となりました。あなたはおそらく、母はいないものと思って、育ったことと存じます。

わたくしの臼井家は旗本で、わたくしの弟は旗本奴と呼ばれる荒くれ者でした。大八郎殿のかささぎ組と初めこそ諍《いさか》いがあったのですが、大八郎殿はあの気立てですから、やがて弟は大八郎殿に魅せられていったのです。そして、わたくしもまた――。

弟を通して大八郎殿を知り、すぐにわたくしのすべてを捧《ささ》げる人だと思いました。女ながら、荒くれ者の血がわたくしにも流れていたのです。家を出ることに、ほとんど迷いはなく、わたくしは大八郎殿のもとへ走りました。

大八郎殿のもとで暮らしたのは二年ほど。その間に、あなたが生まれたあの頃が、わたくしの生涯で最も楽しいひと時でした。

ですが、その頃、臼井家は追い詰められていました。くわしいことは控えますが、弟が容易ならざる過ちを犯して、座敷牢《ざしきろう》に押し込められることとなったのです。臼井家は混乱の極みとなり、父と兄はわたくしを強引に連れ戻して、後ろ盾となってくれる家へ嫁入りさせようといたしました。

わたくしが実家との縁を切れば終《しま》いのこと。そうすれば、あなたと離れ離れにならずにも済んだのです。ですが、久しぶりに実家へ戻り、父母のあまりの変わりようを目の当りにした時、見て見ぬふりはできませんでした。

大八郎殿はわたくしの決断を受け容《い》れてくれました。そして、会いたくなったらあなたに会いに来てもよいと言ってくれました。ですが、家に戻るという道を選んだ以上、それはしてはならないことだと、わたくしは自分で心を決めたのです。

それなのに、陰ながら見守ってきたあなたを木挽町で見かけてしまった時、わたくしの心の箍《たが》は外れてしまいました。

喜八殿、本当に情けなく、身勝手な母で申し訳なく思っております。ですが、そんなわたくしと違い、あなたは大八郎殿のごとく、他人さまを思いやり、他人さまから思われる人に成長した、そのことをわたくしは誇らしく思っております。

くわいの丸煮はわたくしが大八郎殿から作り方を習い、作れるようになったただ一つの品。大切な人のために、これを作ることがわたくしの願いでした。どうか受け取っていただきたく……。

飾りのない真摯《しんし》な言葉で綴られた書状は、最後にこう結ばれていた。

「来《きた》る新年、くわいの芽のごとく目出度《めでた》からんことを。めでたくかしく」

その言葉に、亡き父の声が重なって聞こえてきた。

――くわいはな、こうして芽が出てるから、芽出度《めでた》い食い物なんだ。お前もこのくわいのように芽を出して、偉い男になれ。

目頭が不意に熱くなり、書状の文字が霞《かす》んでしまう。

(……おふくろさん、だったんだな)

喜世のことが気になり出してから、自分の心のありようをつかみかねていたが、真実を明かされれば、そうだったのかと納得できる自分がいる。

同時に、謎だったあることが突然、腑《ふ》に落ちた。

（巴屋の新しい持ち主って——）

元の持ち主である萬屋清兵衛が安心して巴屋を託し、おもんにその店を任せようと考えた人物といえば……。

（そうか。そうだったんだな）

霧が晴れていくように頭の中がすっきりしていく。

「若」

気がつくと、弥助がすぐ近くにいた。呼びかけても返事がないから気になったとのことで、調理場と客席を仕切る暖簾からは、松次郎まで顔をのぞかせている。

「これは……？」

弥助の目は漆塗りの弁当箱に注がれていた。

「奥方さまの女中さんが持ってきてくれたんだ。あ、いや、それがさ。あの奥方さまは……俺のおふくろさんだったんだよ。何というか……魂消《たまげ》た話だけどな」

書状を読むまでは想像すらしなかったことなのに、こうして弥助に向かって語っていると、その事実がすうっと胸に落ちてくる。

「若の、お母上——？」

弥助は表情の抜け落ちた顔をしていた。

「あの方から打ち明けられたんですな」

一方の松次郎は動じていない。調理場から客席の方へやって来る松次郎に、「松つぁんは知ってたんだな」と喜八は問うた。

「初めからじゃありやせんが、お名前を耳にした時に――」

それは、喜世から鬼勘への書状を託された時のことだ。同じ日、くわいを注文された時から、松次郎はもしやと思い始めていたのだという。

自分の胸一つには収めきれず、大八郎の懐刀であった百助《ひゃくすけ》にだけ打ち明けたそうだ。その百助は中秋の晩に通りで見かけた時から、喜世に気づいていた。だが、喜世の心にすべて任せると決めており、松次郎にもそうするよう指示したとのこと。

「そっか、そうだったんだ。……ありがとうな」

百助と松次郎の細やかな心配りが胸に沁み、喜八は心から礼を述べた。

わずかな間、沈黙が落ちる。やがて、

「俺は……」

いまだ驚愕から覚めやらぬ弥助が口を開いた。

「ぼんやりとですが、若のお母上のこと、覚えてました。ただ、武家のお方だとは知らず、まさか、あの方がそうだったとは……」

あらぬところを見ていた弥助の眼差しが喜八に向けられる。

「お前、初めっから気にかけていたもんな」

「はい。きれいな方だとか、不思議な方だとか、いろいろ言いましたけど、自分でもよく分からなかったんです。けど、今、腑に落ちました。こう、若を御覧になるあの方の眼差しに、俺は惹きつけられていたんだなと」

語り終えた時の弥助は、とりあえず自分を納得させたようであった。

「これはさ、おふくろさんが作ったくわいの丸煮なんだって」

喜八は弁当箱を指さし、ゆっくりと蓋を開けた。くわいの実がぎっしりと詰まっている。

「こりゃあ、一人じゃ食べきれないな」

「よろしければ、明日、皆に振る舞ってやったらいかがでしょう」

松次郎の言葉に、「そうさせてもらうよ」と喜八は答えた。

「おふくろさんもそのつもりだろうし、親父だってそう望むだろうしな」

松次郎と弥助は無言で温かい目を向けてくる。

それを目にした瞬間、喜八の心は定まった。

「巴屋とかささぎのどちらを選ぶか、今、決めたよ」

喜八は二人の目をしっかりと見つめながら、その決断を口にする。

「かしこまりやした」

「分かりました」

松次郎と弥助からはそれぞれすぐに返事があった。その物言いには一片の迷いもなく、信頼のこもった眼差しに曇りはない。

「これからもよろしく頼む」

この二人がいれば、どこまでもまっすぐ進んでいけるだろう――そう思う喜八の心は澄み切っていた。


元禄八（一六九五）年が明けた。

正月一日、かささぎは大勢の人でにぎわっている。

藤堂鈴之助とおもんの夫婦に、弥助と松次郎、それに百助をはじめとする元かささぎ組の男たち。

ここまでは去年と同じ顔ぶれだが、今年は六之助とおあさ、おくめが加わっている。佐久間町の三郎太も、後から顔を出すと言っていた。

おもんは黒の縮緬《ちりめん》の小袖に銀鼠《ぎんねず》の帯、鈴之助は黒と銀鼠の市松《いちまつ》模様の小袖に身を包み、一座の中でも際立って見える。おあさとおくめもいつもより着飾っていた。

おあさは蘇芳《すおう》色の地に白梅を散らした振袖、おくめは薄紅色の小袖姿で、二輪の花が咲いたようだと陽気な男たちから褒めちぎられている。

一同が席に出そろうと、おもんが挨拶のために立ち上がった。

「まずは、明けましておめでとうさんでございます。そして、六之助さんにおあささん、おくめさん、お忙しいところ、わざわざのお運びに御礼申します」

客の三人への丁重な挨拶の後、おもんは元かささぎ組の男たちをゆっくりと眺め回した。

「そして、お前たち。去年は喜八と弥助、松次郎の三人で切り盛りする茶屋かささぎを支えてくれて礼を言うよ。兄の大八郎も喜んでいるだろう」

百助をはじめ、それぞれの一張羅《いっちょうら》に身を包んだ男たちが、「へえ」「もったいねえ」と口々に言いつつ、頭を下げる。

「松次郎と弥助には、喜八の叔母としてあたしから礼を言う。いつも喜八を支えてくれてありがとうね」

おもんが弥助と松次郎に頭を下げ、慌てた二人がさらに深く頭を下げた。

「去年はいろんなことがあったからねえ」

おもんの挨拶に続いて、鈴之助がのんびりと言った。

「喜八ちゃんと弥助ちゃんは何度も芝居に出てくれたしね。役者としてこれからも順調に伸びていってほしいと思ってますよ」

役者と言われるのは違う気がしたが、この一年、さまざまな役に扮したのは事実なので、喜八は黙って神妙にしていた。

「まあ、役者にもいろんな形があるからね。これからも、私は二人の世話をしていくつもりだよ」

にこにこしながら言う鈴之助に、「今年もよろしくお願いします、叔父さん」と喜八は頭を下げた。役者としての稽古の件ではなく、年頭の挨拶のつもりだったが、

「うんうん。暇のない二人のために、特別な稽古をつけてあげる用意もあるからね」

鈴之助は相変わらず上機嫌で言った。

「お前さん、そろそろ四代目のところへ挨拶に行かないといけないんじゃありませんか」

おもんが鈴之助を促した。

正月に元かささぎ組の男たちが顔をそろえるのは、おもんが茶屋を買い取ってからの習いであったが、鈴之助はどんなに忙しくとも、毎年この席には少しだけでも顔を出してくれている。

「そうだね。それじゃあ、私はお先に失礼しますよ」

鈴之助がそう断って、店を後にすると、おもんは再び一同へ向き直った。

「実は、この店のこれからのことで、皆に話があるんだ」

喜八、弥助、松次郎以外の男たちは少しざわついたが、おもんはかまわずに話を続ける。

「去年の暮れに、巴屋の主人がつかまったのはお前たちも知っているね」

「若と弥助が鬼勘に力を貸してやったお蔭で、ようやくお縄にできたんですよね」

と、鉄五郎が調子よく声を上げる。

「あの一件で最もお手柄だったのは、お前の弟の六之助さんだよ」

おもんが鉄五郎に言葉を返した。

「あまり暇もない中、あれだけの台帳を一気に書き上げてくださったんだからね。まったく、お前にはもったいない出来のいい弟さんだ」

「女将さん、そりゃ、言い過ぎですって」

六之助が慌てて言い、鉄五郎は自分がけなされたことは脇へ置き、弟が褒められたことで気をよくしているようだ。

「その巴屋なんだけどね、持ち主の萬屋さんがこの度、別の方に丸ごとお売りになったんだ。それで新しい店主になった方からのご依頼により、このあたしが巴屋の女将に収まることになった」

「え、姐《あね》さんが――？」

百助が驚いた声を上げ、次いで喜八たちに目を向けてきた。喜八は立ち上がると、

「叔母さんはこのかささぎの女将だけど、巴屋は知っての通りの大店だ。さすがに両店の女将を兼ねることはできないだろ。だから、かささぎはこれを機に、俺が譲り受けることになった」

と、驚いている男たちにしっかり告げた。すでにこの件については、弥助と松次郎にも話し、納得してもらっている。

「巴屋の方を喜八に任せてもよかったんだけれどね。喜八はこのかささぎで始めた役者茶

屋の取り組みも、ここで放り投げるわけにはいかないと言うんだ。ま、かささぎの名を背負《しよ》って立つのは、喜八の方がいいだろう。お前たちもそのつもりで心得ておくれ」

おもんの言葉に、男たちは納得の表情を浮かべ、「へい」とそろって気持ちのいい返事をした。

「それから巴屋のことだけど、あの店は用心棒が居つかなかったんで、困りごともいろいろ抱えてた。この中には腕に覚えのある奴もいるだろ。今、手が空いている者がいたら、あたしに声をかけとくれ。喜八からもよろしくと頼まれているからね」

男たちが感じ入った眼差しをおもんと喜八に向けてくる。おもんの話が一段落したのを見計らい、喜八はおもむろに口を開いた。

「これからは、かささぎと巴屋をよろしく頼むよ。いや、二つの茶屋だけじゃなくてさ。お前たちにはこの木挽町を、昔の佐久間町のように大事に思ってもらいたいんだ」

気がつくと、男たちの眼差しがそれまでとは違う真剣みを帯びていた。

「お前たちが今も佐久間町を懐かしんでるのは知ってる。俺もあの町にいた頃をよく思い出すよ。けど、木挽町には俺たちも出させてもらう芝居小屋があって、松つぁんの料理を喜んでくれるお客さんがいて、俺と弥助の小芝居を楽しんでくれる人たちがいる。俺にとって、ここはもう佐久間町と同じくらい大事な町でさ。だから、お前たちにもこの町に馴《な》染《じ》んで、町を盛り立てるのに一役買ってもらいたいと思うんだ」

喜八が口を閉じると、百助が「若」と落ち着いた声で呼びかけてきた。

「ここには俺も含めて、木挽町以外で暮らす者もいます。けど、若たちのお蔭で、俺たちみたいな連中もこの町の人は少しずつ受け容れてくれやした。これからはもっと、この町のお役に立って、木挽町の盛り上げに力を尽くしていきまさあ」

百助の言葉に、男たちは「へえ」「まったくでさあ」と口々に言いながら大きくうなずいていた。話がまとまったところで、おもんがぱんと威勢よく手を打つ。

「それじゃあ、今日のところは食べて飲んで、楽しんでおくれ。用意を頼むよ」

おもんの声に急き立てられて、喜八と弥助、松次郎はすぐに調理場へと向かった。

そこには、すでに食積《くいつみ》が用意されている。橙《だいだい》、搗栗《かちぐり》、干し柿、金柑《きんかん》、里芋、ゆり根、くわいの丸煮などが年神様の乗り物とされるゆずり葉と一緒に盛られたものだ。本来は三方《さんぼう》に載せて神前や客に供するものだが、かささぎでは大皿で出す。

喜八と弥助が食積や赤飯を運んでいる間に、おもんが酒の用意をし、松次郎が他の料理を温め始めた。餅《もち》入りの雑煮に数種の粥、他には衣揚げや素揚げ、煮物や田楽《でんがく》など、かささぎで人気の品々もある。

それらがおおよそそろったところで、

「いただきます」

皆がきれいに声をそろえ、今日のために用意された両口箸を手にした。

「若」

隣に座っていた弥助が取り皿にくわいの丸煮を載せて、差し出してくる。

「まずは、こちらから」

一年の最初に食べるのはくわいの丸煮——と決めている者がこの場には多い。縁起がいいのに加え、大八郎の好物でもあったからだ。

「ああ、ありがとな」

皿には、くわいが二つ取り分けられていた。一つは松次郎が作ってくれたもの、もう一つは漆塗りの弁当箱に入れられていたものだ。

くわいの丸煮は出汁がよく染み込んでいて、ほろ苦い独特の味がした。味付けがよく似ているのは、どちらも大八郎の好みに合わせた調理法だからだろうか。

その後、皆の箸が進み、酒も入って、座がにぎやかになってきた頃、

「遅くなってすみません」

と、三郎太が現れた。

「これは皆さん、明けましておめでとうございます」

戸口でかしこまって頭を下げている三郎太に、元かささぎ組の面々は「おめでとうさん」とざっくばらんに挨拶を返している。

「ま、今年も若のことをよろしく頼むや」

あっという間に、座の中に取り込まれた三郎太は男たちから熱い歓迎を受けている。久しぶりに顔を合わせた者もいるはずだが、神田佐久間町で共に暮らした時の絆は今も色あせていないのだ。

三郎太が少し落ち着いてから、喜八は銚子《ちょうし》を手に三郎太の横の席へ移った。

「兄ちゃん、忙しいところ、ありがとな。今年もよろしく頼むよ。俺は今年から、正式にかささぎの主人としてやっていくことになったからさ」

「お、そうなのか」

と、ぐい呑みを差し出しながら、三郎太は笑顔を見せた。

「それじゃあ、かささぎ寄合の催しにゃ、ますます気合を入れていくことになるんだな」

「ま、舵取り役のおあささんの考えを聞かなけりゃいけないけどな」

と、喜八が言って、おあさの方に目を向けると、ちょうどおあさと目が合った。こちらの話題を察したのか、おあさが立ち上がって、こちらの席へやって来る。なぜか、薄べったい風呂敷包みを手にしていた。

年始の挨拶を済ませると、おあさはさっそくその風呂敷包みを開けた。取り出したのは儀左衛門がいつも持ち歩いているような冊子の帳面だ。

「あたし、台帳を書き始めたんです」

「そうなのか」

おあさが自分のやりたいことに向かって進んでいると聞けば、喜八も嬉しい。ところが、すぐにちょっとしたことに気づいてしまった。

「三郎太の兄ちゃんも、おあささんが台帳を書いていることを知ってたのか」

自分は昨日聞いたばかりなのに、三郎太はもっと前から打ち明けられていたのだろうか。

「ん、台帳？　何のことだ？」

ところが、三郎太はさっぱり分からないという様子で首をかしげている。

「三郎太さん、前にあたしにお話ししてくれたじゃないですか。いつか、大八郎さんを主役にしたお芝居を誰か書いてくれないかなって」

おあさの言葉に、「ああ、そうだった」と三郎太が大きくうなずく。

「大八郎さんのこと、三郎太さんからいろいろ聞いたの」

と、おあさは喜八に目を向けて言った。

「その時は、いつか誰かが台帳を書いてくれたらいいな、と思っただけなんだけど……」

その後、おあさが台帳を書きたいと決意したことは、昨日打ち明けられたばかりである。

「もしかして、おあささん、親父さんのこと、書いてくれたのかい？」

三郎太が大きな声を出した。

「まだ書き上げてはいません。三郎太さんから聞いたくだりを、試しに書いてみただけで」

三郎太の期待の大きさを前に、おあさが少し慌てている。

「俺が聞かせた話といやあ、親父さんが川で溺れた俺を助けてくれたやつだろ」

よければちょっと見せてほしいと、三郎太はおあさの持ってきた冊子に期待混じりの目を向けた。

「はい。そのつもりでお持ちしたんです。あたしの勘違いがあれば、教えてもらいたいと思って」

「俺も読ませてほしいな」

喜八が言うと、おあさは「もちろんよ」とうなずいた。そこで三郎太と二人、顔を寄せ合いながら、おあさが初めて書いた台帳を読み始める。

それは、神田川に落ちた子供の三郎太を、かささぎ組の組頭《くみがしら》である大八郎が川に飛び込んで助け出した後、子供を見舞うという一幕であった。

二人が真剣に読んでいるうち、一座の者たちもおあさの台帳に関心を持ったらしく、いつしか雑談をする声も消え、静かになっていた。

それほど長くなかったので、すぐに読み終わった。

「いいよ、これ、おあささん」

三郎太が感動の声を上げる。

「特に、親父さんの最後のせりふがいい。なあ、喜八坊もそう思うだろ」

「ああ、確かに」

喜八が生まれる前の出来事だが、本当に父がこんなせりふを言ったのだろうかと、胸がどきどきする。いや、わくわくと言った方がいいのか。

「なあ、俺たちにもそれを読ませて……あ、いや、誰か読んでくれねえかな」

字を読むのが嫌いな鉄五郎がおずおずと言い出した。

「なら、俺がこの三郎太って役をやってやるよ。親父さんの役は喜八坊な」

役も何も三郎太は本人ではないか。喜八が何も言わぬうちに、おあさが立ち上がった。

「それでは、皆さん。いまだ仮の名ではございますが、新しき芝居『かささぎの恩返し』から『神田川の橋渡しの段』の掛け合いをお聞きください」

嬉々《きき》として口上を述べるおあさは、まるで何度も場数を踏んできたかのような堂々たる佇《たたず》まいであった。

「先日の大雨で、増水した神田川。佐久間町に暮らす子供の三郎太はふとした拍子に川へ落ち、流されたのでございます。そこへ身を挺《てい》して川へ飛び込み、三郎太を助けたのが、かささぎ組の組頭である大八郎。これは、助けられた三郎太が家で養生しているところへ、大八郎が訪ねていった時の一幕でございます」

おあさの講釈が終わると、さあどうぞ、というように目を向けられた。

『お、親父さん。助けてくれて……ありがとう』

子供らしさは欠けているが、なかなか情緒たっぷりに三郎太がせりふを読む。

『おう、坊主。助かってよかったな』

『……うん。でも、もう川のそばには行きたくないよ。二度と川の向こうに行けなくってもかまわない』

『なあ、坊主。俺はかささぎ組の大八郎ってもんだ』

『知ってるよ。お頭さんでしょ』

『かささぎはな、天の川に橋を架け、彦星《ひこぼし》さんと織姫《おりひめ》さんを会わせてやる鳥なんだ。だからな、坊主。俺たちがお前を安全に川の向こうへ渡してやる』

『えっ、どういうこと』

『俺たちかささぎ組が、あの暴れ川に橋を架けてやろうじゃねえか』

　喜八は思わず、どんと自分の胸を叩いて言った。

「こうして、この日より、大八郎をはじめとするかささぎ組の面々は、橋づくりに精魂こめて取り組むことになるのでございました。この続きにつきましては、またの機会に改めまして、ご披露させていただきましょう」

　おあさの口上で締めくくられると、一瞬の間を置いた後、うわあっという大きな声があちこちから上がった。

「お、親父さん！」

鉄五郎は叫ぶなり、泣き出している。

「うおぉ、親父さんに会いてえ」

「馬鹿野郎、若の前で甘えたこと言ってんじゃねえよ」

元かささぎ組の男たちは感動と懐かしさに震え、互いに背中を叩き合ったり、誰かが誰かを叱《しか》り飛ばしたりしている。

「喜八さん、すごくよかったわ」

おあさが耳もとでささやいた言葉がしっかりと耳に届いた。周囲の騒がしい声がなぜか遠のいていく。

「今まで聞いた中でいちばん、喜八さんの心がこもっていたもの」

「そっか。俺、誰かを演じて、こんなに気分がいいのは生まれてはじめてだよ」

喜八はこれまでになく晴れやかな心地で、おあさを見つめた。

「親父のことを書いてくれてありがとな」

心からの礼を述べた後、おあさの耳もとに口を寄せ、昨日言いそびれた言葉を添える。

「俺もおあささんのことが丸ごと好きだ」

おあさがかすかに頰《ほお》を赤く染め、小さくうなずくのを目にした瞬間、おあさが書いて、自分が口にしたせりふが耳によみがえった。

――かささぎはな、天の川に橋を架け、彦星さんと織姫さんを会わせてやる鳥なんだ。

喜八にとって、かささぎは大八郎そのものだった。同時に、人と人との縁を結ぶ鳥でもあった。おあさ、弥助、松次郎、この場にいるすべての仲間たちとの縁を――。

「若」

気がつくと、傍らに弥助が来ていた。

「親父さんのせりふ回し、すばらしかったです」

「そうか」

弥助から真っ当に褒められると、嬉しくてこそばゆい。

「俺の親父なんか、若に亡き親父さんを重ねちまったみたいで。泣き顔を隠そうと外に出ていっちまいましたよ」

弥助は裏口の方に目をやって、少し苦笑してみせる。

「これからも、若をしっかりお支えします」

「あっしも、これまで以上に気張りますんで」

と、いつしか弥助の傍らに立っていた松次郎も太い声で決意を述べた。

「今年もよろしく頼むよ。去年よりももっと、いろんなことをやって、叔母さんの巴屋と一緒に木挽町を味のある町にしていこうな」

弥助と松次郎の肩に正面から手をかけて言う。

「それじゃあ、まだまだ食べて飲んで騒ぐとするか」

喜八は弥助と松次郎と一緒に元いた席に戻り、まだ十分に残っているくわいの丸煮をつまんで口に運んだ。ほろ苦さが特徴のくわいであるが、なぜか苦みが感じられず、ほのかな甘みだけが心地よく喉を通っていった。

本書は、ハルキ文庫のために書き下ろされた作品です。

時代小説文庫
し 11-20

くわいの丸《まる》煮《に》 木《こ》挽《びき》町《ちょう》芝《しば》居《い》茶《ぢゃ》屋《や》事《じ》件帖《けんちょう》

著者 篠《しの》 綾《あや》子《こ》

2024年7月18日第一刷発行

発行者 角川春樹

発行所 株式会社 角川春樹事務所
〒102-0074 東京都千代田区九段南2-1-30 イタリア文化会館

電話 03(3263)5247[編集] 03(3263)5881[営業]

印刷・製本 中央精版印刷株式会社

フォーマット・デザイン&シンボルマーク 芦澤泰偉



ISBN978-4-7584-4654-9 C0193 

http://www.kadokawaharuki.co.jp/[営業]
fanmail@kadokawaharuki.co.jp[編集] ご意見・ご感想をお寄せください。